나의 여정에 함께해준
모든 이들에게
이 책을 바칩니다.

나의 친애하는 여행자들

1쇄 발행 2022년 2월 3일

지은이 추효정
펴낸이 정홍재

펴낸곳 책과이음
출판등록 2018년 1월 11일 제395-2018-000010호
대표전화 0505-099-0411 **팩스** 0505-099-0826
이메일 bookconnector@naver.com
Facebook · **Blog** /bookconnector
Instagram @book_connector

ISBN 979-11-90365-29-1 03810

책값은 뒤표지에 있습니다.
잘못 만들어진 책은 구입하신 서점에서 교환해드립니다.

책과이음 • 책과 사람을 잇습니다!

일인 여행자가 탐험한 타인의 삶과 문장에 관한 친밀한 기록

추효정 지음

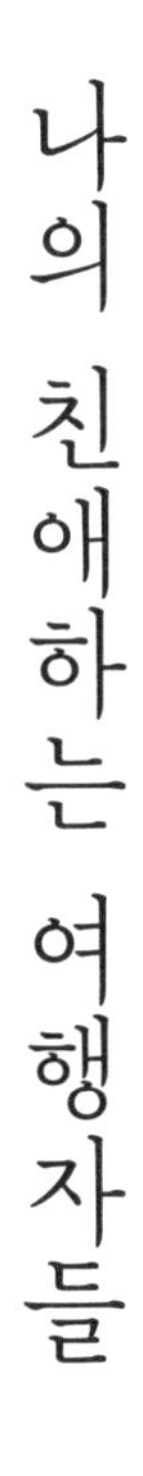

책과이음

돈과 시간 둘 다 가질 순 없어.

시작하며

첫 사회생활의 시작은 잡지사 기자였다. 대학에서 경영학을 전공했지만 그것을 밥벌이로 삼고 싶진 않았다. 그렇다고 다른 대안이 있는 것도 아니었다.

인생에서 '학생' 타이틀과 마지막으로 작별한 게 2006년 초였고, 그해 말 직장인으로 첫발을 뗐으니 그사이 백수생활이 나름 길었다. 그 기간에 백수로서 마땅히 해야 할 먹고사는 문제에 대한 치열한 고민은 매일같이 커다란 스트레스로 다가왔고, 먹고사는 것보다 죽는 것이 더 가깝게 느껴지던 어느 날, 이러다 인생과 작별할 것 같은 극도의 불안감이 커져갈 때 글을 쓰기 시작했다. 뭐라도 써야만 내가 살아가는 이유가 증명될 것 같았다. 당시의 SNS는 싸이월드 미니홈피가 중심이었고, 그곳에서 나만의 세계를 만들어 나만의 문장을 하나둘씩 완성해갔다.

문장의 힘은 예상보다 강했다. 문장의 위로는 무엇보다 따뜻했다. 문장 속에서 나는 나로 채워졌고, 그 경험이 깊어질수록 내가 아닌 누군가의 사는 이야기가 궁금해지기 시작했다. 누군가의 미니홈피나 책을 통하지 않고 내가 직접 타인의 삶을 보고 듣고 싶었다. 그렇게 나는 취재기자가 되었고, 10년 넘게 이를 밥벌이로 삼고 있다. 당시만 해도 여태까지 글을 써서 먹고살 거라곤 전혀 기대하지 않았다.

조직에 마지막으로 몸담은 시기가 2011년 봄이었다. 서른 살 인생을 기념하는 1년간의 긴 여행을 마치고 현실세계로 돌아온 나는 어쩌다 보니 프리랜서 작가가 되어 있었다. 신문사 주간지에 여행칼럼을 쓰기도 했고, 기업이나 공공기관의 홍보용 정기간행물을 제작하기도 했고, 여러 잡지에 객원기자로 이름을 올리기도 했다. 감사하게도 새 프로젝트와 관련된 계약이 계속 이어졌고, 예전처럼 조직에 몸담지 않아도 먹고살 수 있겠다는 생각이 들었다. 게다가 프리랜서로 살면 이따금 자주 긴 여행을 떠날 수 있지 않을까 내심 기대했다.

하지만 원하던 휴가가 현실이 된 건 그로부터 3년쯤 지나서였다.

말이 프리랜서지 조직에 있을 때와 별반 차이가 없었다. 클라이언트라는 거대 조직이 나를 움직이게 한다는 것이 달랐을 뿐. 나는 그들이 정한 스케줄에 따라야 했고, 정해진 마감을 지켜야 했고, 뭐 하나라도 변경되거나 지체될라치면 내 개인 일정은 잠시 제쳐두고 그들의 요구에 맞춰 움직여야 했다. 특히 월간지를 진행하고 있던 터라 매달 마감이 이어졌기에 숨 돌릴 틈이 없었다. 내가 정할 수 있는 건 그들과 계속 일을 하느냐 마느냐 하는 극단적인 선택뿐이었다.

어찌어찌 일정을 조정해 3주간의 긴 휴가를 얻었고, 나는 미얀마로 떠났다. 그곳에서 태어나 처음으로 카우치 서핑couch surfing(소파를 의미하는 카우치와 파도를 타는 뜻의 서핑을 합친 말로, 현지인 호스트host가 여행자인 서퍼surfer에게 자신의 집 카우치를 숙소로 제공하고 여행자는 그곳에 머무르는, 여행자들을 위한 비영리 커뮤니티)을 경험했다. 여행 중에 핀란드인 커플을 만난 것이 낯선 세계에 입문하는 기회가 됐다. 막 걸음마를 뗀 어린 아들을 데리고 미얀마를 여행 중이던 커플과는 북동부의 인레호수가 인접한 낭쉐 마을에서 만났다. 같은 숙소 바로 옆방에 묵었던 이들과 오며 가며 인사 정도 나누는 사이였는데, 낭쉐를 떠나 바간으로 이동한 뒤 그곳의 한 식당에서 이들을 우연히 다시 만나게 되었고, 이를 계기로 우리는 며칠간 놀고먹으며 함께 시간을 보냈다.

"양곤에 가면 어디에서 묵을 거예요? 숙소는 정했어요?"

"아직이요. 그쪽으로 넘어간 후에 정할까 해요. 추천하는 숙소라도 있어요?"

"우리가 양곤에 있을 때 카우치 서핑 호스트 집에 있었거든요. 카우치 서핑 알죠? 이용해본 적 있어요?"

"그게 뭔지는 아는데 해본 적은 없어요."

"한번 경험해보지 않을래요? 사실 우리가 호스트 집 열쇠를 실수로 가지고 왔거든요. 우편으로 보내주기로 했는데 당신만 좋다면 당신 편에 열쇠를 전달하면 좋을 것 같아서요."

"저야 좋죠. 예전부터 한번 시도해보고 싶었으니까. 근데 호스트가 나를 만난 적도 없고 알지도 못하는데 과연 서퍼로 받아줄까요?"

"우리도 그 집에 가기 전까진 그 사람들을 만난 적도 없고 알지도 못하는 사이였어요. 서로 프로필에 적힌 정보와 리뷰를 공유하긴 했지만요. 내가 당신 정보를 대신 전달하면 되니까 괜찮을 거예요. 그 사람들도 당신을 좋아할 거예요. 물론 당신도 그 사람들을 좋아할 거예요. 그보다 여행자로서 좋은 경험이 될 거예요."

양곤에 도착한 후 호스트의 집이 위치한 로컬지역을 찾았을 때 이미 여행자로서 좋은 경험은 시작되고 있었다. 카우치 서핑이 아니었다면 숙박업소가 즐비한 도심이나 여행자 거리에서 잠잘 곳을 찾았을 게 당연했다. 게다가 처음 만나는 낯선 외국인을 자기 집에 들이는 호스트의 환대는 너무나도 평범해 과거에 내가 이들을 만난 적이 있었는지 곱씹어봐야 할 정도였다. 어제도 그제도 만난 사이처럼 호스트는 나를 친구로 맞았다. 난생처음 경험하는 타인과의 관계였다. 특별할 것 없는, 아무렇지 않은 이 관계가 생소하면서도 좋았다. 앞으로 카우치 서핑이라는 이 신비의 세계에서 만나게 될 다양한 타인과의 관계가 나를 위해 존재하기를 바랐다. 미얀마에서 돌아온 후 나는 호스트가 되었다.

2015년 가을, 호스트를 자처한 지 수개월이 지나고 나서 운명의 서퍼가 내 작업실을 찾았다. 네덜란드 델프트에서 온 발트였다. 당시 발트는 몽골 울란바토르에서 비행기를 타고 서울에 오기 전까지 줄곧 히치하이킹 여정을 이어왔는데, 델프트에 있는 자신의 집에서 출발해 반년 동안 이동한 거리만 1만 킬로미터가 넘었다. 게다가 몽골에선 40일간 홀로 말을 타고 몽골 전역을 여행한 그였다. 그의 경험담은 실로 놀랍고 용감무쌍한 이야기로 채워져 있었지만 그보다 여행과 인생을 대하는 그의 태도가 나를 움직였다.

"10년 전, 잘 다니던 은행을 관두고 1년간 세계여행을 떠날 당시만 해도 내 인생에서의 장기 휴가는 이번 한 번뿐이라고 생각했어. 여행에서 돌아오면 예전처럼 다시 은행에 취직하고, 거주할 집을 구하고, 차를 사고, 가능하다면 가정을 꾸려야겠다고 다짐했거든. 한데 여행에서 돌아와보니 예전의 생활이 그때의 나에게 가치 있다고 느껴지지 않았어. 소유할 것을 찾기보단 언제든 소유할 수 있는 자유가 더 필요하다고 느껴졌어. 그래야 언제든 어디로든 쉽게 떠날 수 있겠다고 생각했으니까. 이건 현실을 나 몰라라 하는 배부른 소리가 아니야. 여행을 떠나 보니, 그리고 여행을 좋아하게 되다 보니 내가 필요로 하는 돈과 시간 둘 다 동시에 소유할 수 없다는 사실을 깨달은 거야. 그제야 내 현실을 제대로 볼 수 있었지. 그리고 현실에 맞춰 생각했어. 굳이 물질적으로 풍요로웠던 예전으로 돌아가지 않아도 살 수 있겠다고 말이야."

돈과 시간 둘 다 가지고 싶어 고군분투하고 있던 내가 열정에 넘치는 인간이라 여겼는데 사실은 내게 주어진 현실을 회피하기 위한 포장에 불과했던 건 아닌가 싶은 생각이 들었다. 미얀마 여행 이후 불어나버린 여러 고민과 생각은 이전과 다를 바 없는 일상을 맞이하며 나도 모르는 사이 하나둘 종적을 감췄지만 발트를 만나면서 그것들의 존재가 다시금 얼굴을 내보이기 시작했다. 그 순간 이건 기회라는 생각이 들었다. 굿 타이밍이라고 애써 나를 위안했다. 그렇게라도 해서 애당초 내가 바라던 프리랜서의 삶을 살고 싶었다. 방법은 하나밖에 없었다. 돈을 줄이고 시간을 늘리는 것. 그렇게라도 해서 둘 다 가지고 싶었다. 그럴 수만 있다면.

나는 긴 고민 끝에 당시 진행하고 있던 몇 개의 계약 업무 중 매월 마감을 요구하는 기업의 일을 그만두었다. 그 결정으로 월수입의 반이 날아갔지만 그만큼 시간적 자유를 얻었다. 사실 자유를 얻었다곤 해도 그것이 돈과 달리 당장 눈에 보이는 게 아니었기에 그것의 가치를 몸소 깨닫고 느끼기까지 자유보단 불안을 얻었던 시간이 곱절은 되었다. 이렇게까지 시간을 사수해가며 이따금 자주 여행을 떠나고 싶었던 이유는 그렇게 하지 않으면 안 될 것 같은 확신 때문이었다. 왜 그런 확신이 들었는지는 지금도 정확히 설명이 되지 않는다. 다만, 여행을 통해 어떠한 삶의 변화를 기대한다는 식의 확신은 아니었던 것 같다. 굳이 설명하자면 사람에 대한 기대, 내가 만날 타인에 대한 확신이었던 것 같다. 여정의 가운데

서 다양한 부류의 타인을 만나고 내가 가진 관계에 대한 인식이 긍정적으로 바뀔 수 있지 않을까 하는 불확실한 확신이 나를 일으켜 세웠지 싶다.

서울에서 밥벌이에 열중해야 하는 시간을 제외하면 나는 부단히 몸을 움직여 이 나라 저 도시를 떠돌며 타인과의 여행을 실행에 옮겼다. 불확실한 확신은 불완전한 나를 움직이는 원동력이 되어주었고, 완전하지 않지만 그래서 완전한 관계는 하나둘 쌓여갔다. 시간이 흘러 저마다의 관계가 한 문장으로 완성되고 기억된 뒤에야 마침내 시간으로부터 자유를 얻었다는 사실을 깨달을 수 있었다.

돌이켜보면 여행에서는 단 한 마디, 한 문장이면 충분했다. 그것으로 불확실한 확신에서 자유로울 수 있었으니까. 나는 그렇게 세계의 어느 길 위에서, 나와 당신의 집 안에서, 그들의 차 속에서 사람을 만나고 관계를 맺고 인생을 배웠다. 여행에서 돌아온 내가 소유할 수 있는 건 오직 이 문장들뿐이었다. 그것들로 나는 내 선택의 값을 치렀다.

차 례

이 돈은 뭐예요? 팁이 뭐예요?

로컬과 여행자

뙤약볕 아래 하루 종일 자전거를 타고 난 뒤 깨달았다. 이곳의 날씨에 이미 적응된 미얀마 사람들이 아니고서야 절대 뙤약볕과 싸워 이길 수 없다는 것을. 주먹은 둘째 치고 접힌 팔이 채 펴지기도 전에 이곳 만달레이(미얀마 중부에 위치한 미얀마 제2의 도시) 하늘로부터 완벽한 KO패를 당하고 말았다. 당연한 패배였다. 자전거보다 오토바이 택시가 나을 거라던 호스텔 직원의 말이 패배를 당하고 나서야 아주 강하고 분명하게 두 귀를 때렸다. 만달레이에 도착한 첫날 두 다리에 의지해 거리를 활보했던 것에 비하면 자전거는 나름의 역할을 해줬지만 이제 그것으론 충분하지 않다는 것을 내 몸이 먼저 알아차렸다. 나는 왜 항상 몸이 알아차려야만 정신을 차릴까?

손을 들어 의사표시를 하지 않아도 오토바이 운전사들이 먼저 득달같이 나를 향해 경적을 울려댔다. 호스텔과 음식점이 줄지어 있는 여행자거리라서 그런지 그게 영 달갑지 않게 느껴졌다. 여행자를 호구 취급하는 소리 같았다. 번잡한 여행자거리를 벗어나 얼마간 걷고 있을 때 오토바이 한 대가 마치 걷듯이 내 뒤를 졸졸 쫓고 있다는 것을 알아챘다. 차도와 인도의 경계가 불분명한 이곳의 도로 사정이 오토바이 운전사에게 여행자의 곁을 허락했다. 곧이어 오토바이가 내 왼팔에 닿을 듯 말 듯 바짝 따라붙었고, 운전사는 나와 눈이 마주치자마자 준비해둔 질문을 재빨리 건넸다.

"어느 나라에서 왔어요? 이름이 뭐예요? 택시를 원해요? 사원에 가고 싶어요? 오토바이 필요해요?"

말보다 수줍은 운전사의 표정에 눈길이 갔다. 여행자를 호구로 보는 것 같지 않았다. 직감을 믿고 오토바이 뒷좌석에 올라탔다. 더운 바람이 얼굴을 때렸지만 만달레이 시내를 달리는 기분은 자전거와는 쨉도 안 됐다.

운전대를 잡은 사내와 통성명을 나눴다. 이름은 수마웅, 스물두 살의 청년이다. 마하무니 사원에 도착해 수마웅에게 돈을 지불하고 인사를 나누고 헤어졌는데, 그에겐 작별 인사가 아니었던 모양이다. 사원을 다 둘러보고 입구로 나오는 나를 수마웅이 먼저 반겼다. 사원 이후부터 오토바이 택시가 필요하지 않다는 나의 보디랭귀지가 그에게 먹혀들지 않았던 모양이다. 다시금 수줍은 얼굴로 다가와 자연스럽게 헬멧을 건네주면서 수마웅은 오토바이 뒷좌석을 가리켰다. 그래 봤자 한 번 탔을 뿐인데, 이 자리가 바로 너의 자리라고 말하는 것 같았다.

"나를 기다린 거예요?"

"오토바이 원해요?"

"아까 말했잖아요. 사원 둘러보고 나서 여기 주변을 산책할 계획이라 오토바이가 필요하지 않다고요."

"사원에 가요?"

"아니요. 나는 여기 주변을 산책할 거예요. 내 말 이해해요?"

"나는 좋은 사원을 알아요."

말은 둘째 치고 몸으로도 대화가 쉽지 않았다. 저만치에서 구원자 역할을 해줄 사내 한 명을 포섭해 온 수마웅이 위기에서 벗어난 듯 다시금 나를 향해 수줍은 미소를 지어 보였다. 수마웅에서 사내로, 사내에서 내게로 번역된 대화의 요지는 "아마라푸라(1841년부터 1857년까지 미얀마의 수도였던 역사적인 지역)에 있는 파고다에 가고 싶다면 그곳까지 나를 데려다주겠다"라는 말이었다. "요금은 내가 정하는 대로 따르겠다"고도 했다.

파고다에 관한 정보는 호스텔 직원을 통해 이미 들은 바 있었다. 시내에서 남쪽으로 10여 킬로미터 떨어진 곳에 호수를 배경으로 파고다가 있는데, 이곳 주변 우베인 다리가 일몰 감상의 최적지라고 추켜세우던 직원의 말이 생각났다. 시계를 확인해보니 당장 아마라푸라로 이동해 먼저 파고다를 둘러본 뒤 세계에서 제일 길고 오래된 목조다리에서 석양을 감상하기에 완벽한 타이밍이었다. 게다가 직원으로부터 아마라푸라까지의 택시 요금 정보도 입수해놓은 터라 수마웅에게 제시할 요금의 기준이 명확히 서 있었다. 거절하지 않을 이유가 없었다. 다시 그의 오토바이 뒷좌석에 올라탔다.

아마라푸라 호수 주변 파고다에 도착해 엉덩이를 오토바이에서 떼자마자 수마웅이 다급하게 말과 몸을 섞은 의사표시를 건넸다. 그는 손가락으로 나를 한 번 가리키고 이내 자신에게 가져가더니 "투게더, 투게더"를 반복해 말했다. 같이 사원을 둘러보자는 말 같았다. 대답할 새도 없이 후다닥 앞장서 걸음을 떼는 수마웅의 뒤를 따르면서 불행하게도 내 머릿속엔 의심의 싹이 자라났다. 스스로 가이드를 자처한 그의 과한 친절이 그 싹을 키웠다. 하루 일과를 다 마친 후 수마웅이 자신의 친절을 값으로 매겨 내게 청구하는 상황이 발생할 것 같았다. 미얀마는 처음이지만 다른 동남아시아 국가를 여행하면서 꽤나 겪어본 상황이었다. 애당초 로컬 운전자에게 여행자가 정한 요금이란 존재하지 않는 것일 수 있었다.

해가 졌다. 미얀마에서 처음 보는 일몰이 내려앉았다. 아무리 최고의 일몰이고 아름답기 그지없는 일몰이어도 해가 지고 난 후의 헛헛한 마음은 달랠 길이 없다. 이 순간이 지나가지 않게 계속 붙들고 싶은 욕구가 헛헛한 마음을 부추긴다. 나의 어리석은 마음에는 부자연스러운 것이 늘 자연스러운 것을 앞선다. 욕구가 더 커지기 전에 후다닥 자리를 떴다. 수마웅의 오토바이에 의지해 어둑어둑한 시골길을 비추는 열은 불빛을 바라보며 아직 하루가 끝나지 않았다는 것으로 아쉬운 마음을 달래고 어리석은 마음을 조금이나마 지웠다.

파고다와 호수, 목조다리, 일몰 감상에 이르기까지, 처음부터 끝까지 수마웅은 가이드로서의 역할을 충실히 이행했다. 내게 잘 보이기 위해 일부러 애쓰거나 행동하지 않았고, 그것이 그에게 중요해 보이지 않았다. 우리 둘 사이의 대화는 잘 이뤄지지 않았지만 대화가 그리 중요하진 않았다. 하루 일과의 끝에서 수마웅의 친절을 과연 값으로 매길 수나 있을지, 그것이 더 중요하게 다가왔다.

다음 날 오후, 호스텔 마당에서 수마웅을 다시 만났다. 마당으로 들어서는 나를 보고 수마웅이 먼저 반겼다. 약속 시간보다 30여 분 먼저 호스텔에 도착한 수마웅은 어제와 마찬가지로 나를 기다리고 있었다. 어제 저녁, 호스텔에 도착해 수마웅에게 요금을 지불할 때 그는 내게 아무것도 요구하지 않았다. 친절의 값이란 로컬 운전자의 개념에서 나온 게 아니라 여행자의 것에서 나온 거였다. 애당초 수마웅에게는 여행자가 정한 요금이란 것이 존재했다. 그가 내게 보인 수줍은 미소는 진짜배기였다. 외국인의 때가 타지 않은 순수한 로컬의 미소가 다른 나라 다른 로컬의 때가 탄 여행자를 환히 비추고 있었다. 돈을 지불하고 헤어지면서 나는 수마웅에게 내일의 운전을 부탁했다. 그와 함께 만달레이 언덕을 오르고 싶었다.

1,700개의 계단을 따라 올라가면서 수마웅은 몇 가지 새로운 영어 문장을 읊어댔다. 벼락치기로 얻은 문장 같았다. 가족관계를 밝히고, 자신의 꿈과 계획을 소개하고, 한국에 관한 궁금증도 쏟아냈다. 주제는 다르지만 이야기의 핵심은 하

나였다. '돈'이었다. 그는 어머니를 부양해야 하기 때문에 돈이 필요하고, 돈을 많이 벌어서 부자가 되는 것이 꿈이며, 자신이 한국에서 직장을 구하고 돈을 벌 수 있는지 궁금해했다. 아주 먼 옛날 이곳 만달레이 언덕을 올랐던 부처께서 언덕 아래 풍경을 굽어보며 이곳에 '위대한 도시'가 세워질 것이라고 예언했다는 설이 있다. 위대한 도시에서 나고 자란 수마웅은 돈의 위대함을 믿고 있었다. 그 위력이 그의 것이 되기를 소망하고 있었다. 그와 함께 한참 동안 위대한 도시의 전경을 내려다봤다. 미얀마에서 맞이하는 또 한 번의 위대한 일몰이 도시 전체를 감쌌다. 눈 깜짝할 사이 내려앉은 일몰의 아쉬움은 온전히 여행자의 몫으로 남았다.

다음 날 오전, 수마웅은 또 약속 시간보다 먼저 와 호스텔 마당에서 나를 기다리고 있었다. 어제와 상황은 같았지만 그의 모습은 어딘가 모르게 달라 보였다. 빈틈없이 가르마 탄 머리를 깔끔하게 빗어 넘기고 빳빳하게 다린 흰색 셔츠와 론지(롱스커트에 가까운 치마 형태의 미얀마 전통의상)를 차려입은 수마웅이 낯설게 느껴졌다. 여행자에게 마지막까지 좋은 인상을 남기고 싶어 하는 수마웅의 진심이 겉치장에서 드러나고 있었다. 어제 저녁 수마웅과 진짜 작별 인사를 나눌 때 이번엔 그가 내일의 운전을 원해왔다. 만달레이를 떠나는 나

를 시외버스터미널까지 데려다주고 싶다고 먼저 말을 꺼냈다. 물론 돈은 받지 않겠다는 뜻과 함께.

호스텔 마당에서 수마웅을 만나자마자 나는 어제 지불하지 못한 나머지 요금을 그에게 건넸다. 체크아웃을 마치고 마당으로 다시 돌아온 내게 수마웅은 돈을 보여주며 "매니, 매니"라고 다급히 말했다. 정해진 요금보다 많다는 뜻이었다. 그의 친절함을 값으로 매길 수는 없지만 그럼에도 작은 성의 표시를 하고 싶었다. 약간의 팁을 얹었다.

"팁이 뭐예요?"

"이틀 동안 당신이 운전해주고 가이드도 해줬잖아요. 고마워서요."

"이 돈은 뭐예요?"

"고마움을 나타내는 거예요. 팁 말이에요."

"팁이 뭔데요?"

"당신의 친절함에 고마움을 전하고 싶었어요. 아마라푸라에 갔을 때도 그렇고, 만달레이 언덕에 올랐을 때도 당신 덕분에 즐거운 시간을 보낼 수 있었어요. 정말 고마워요."

"나도 즐거웠어요. 나도 고마워요. 근데 돈이 팁인 거예요?"

같은 질문과 답변이 또다시 반복되는 상황에서 이번에도

우리 사이에 구원자가 필요해 보였다. 내가 먼저 나서서 호스텔 직원에게 도움을 요청했다.

"돈이 아니라 마음인 거네요?"

마침내 '팁'의 의미를 정확히 파악한 수마웅은 '머니와 하트'를 반복해 말하며 환한 미소로 화답했다. 다행이었다. 팁이 돈이 아닌 마음이라서, 그가 그렇게 이해해줘서 천만다행이었다.

"커피, 오케이?"

내게 받은 팁으로 커피를 쏘겠다는 말 같았다. 호스텔 앞 카페에서 설탕을 한 바가지 퍼부은 것 같은 아이스커피를 마시며 내일의 수마웅을 생각했다. 커피가 아니라 마음이었다. 내일의 수마웅이 이 마음을 잃지 않는다면 좋겠다.

사실 팁이 뭔지 반복적으로 물으며 궁금해하는 수마웅을 보면서 나의 판단이 혹여 잘못된 것은 아닌지 걱정이 앞섰다. 여행자와 외국인을 바라보는 그의 시선은 내가 예상한 것 이상이었다. '순수하다'라는 단어로도 쉬이 표현할 수 없었다. 미얀마의 어느 시골 마을에서 수마웅을 만났더라면 그의 시선을 당연하게 받아들였을 것이다. 미얀마에서 두 번째로 큰 대도시 만달레이에서 택시기사로 일하는 그를 통해 생각지도 못한 시선을 마주했다. 더러운 것이 전혀 섞이지 않은 그의 시선이 나의 말과 행동으로 인해 변해버릴까 봐, 그가 팁과 돈에 대해 서투른 이해를 하게 될까 봐 두려웠다. 여행자의 책임의식이 뒤늦게 발동했다. 여행자와 외국인을 호구로 보는 로컬들의 시선은 여행자의 책임의식과 전혀 무관하다고 볼 수 없었다. 그 시선을 피하려 했던 내가 정작 수마웅에게 그것을 몸소 보여줬는지도 모르겠다.

시외버스터미널에서 수마웅과 작별한 뒤 멀어져가는 그의 뒷모습을 보면서 여행자의 책임의식도 희미해지고 있었다. 이미 말은 입 밖으로 나왔고, 물은 엎질러졌고, 버스는 떠난 뒤였다. 뱉은 말을 그럴싸하게 포장하려 애썼고, 직원의 도움으로 엎질러진 물을 닦으려 바삐 움직였고, 눈 깜짝할 새 사라져버린 수마웅의 오토바이는 다시 돌아오지 않았다.

어서 와, 나의 도시 모스크바를 보여줄게.

나의 첫 번째 호스트

두 번째 모스크바행은 순전히 비행기 값 때문이었다. 인천에서 모스크바를 오가는 아주 저렴한 가격의 비행기 티켓을 발견하곤 이 티켓을 구입하지 않으면 안 될 갖가지 이유가 자연스럽게 따라붙었다. 몇 해 전 이미 한 번 모스크바를 다녀왔지만 한겨울이었던 당시와 여름이 시작되는 이 시점은 분명 다른 분위기를 선사할 거였다. 또 모스크바공항에서 유럽 등지로 출발하는 저가 항공이 많아 굳이 모스크바가 최종 목적지가 아니어도 되었다. 가장 중요한 건 모스크바에는 소피아가 살고 있다는 사실이었다. 내 안의 또 다른 자아가 만들어낸 시답잖은 이유였지만 그걸 수용하지 않으면 안 될 또 다른 자아도 분명 내 안에 있었다.

왓츠앱WhatsApp 대화 목록에서 소피아의 이름을 찾고 보니 마지막 대화가 딱 1년 전이다. 모스크바의 여름을 애타게 기다리고 있던 소피아와 여름휴가 계획에 관해 메시지를 주고받은 게 마지막이었다. 1년 만에 재개된 우리의 대화에서는 모스크바의 여름과 휴가 계획이 또다시 주인공이다. 그것을 애타게 기다리는 사람이 소피아에서 나로 바뀐 것만 빼면 모든 것이 그대로다.

2주일 뒤 모스크바행을 알리는 내 메시지에 소피아는 가장 먼저 묵을 곳은 정했는지 물어왔다. 호스트다운 호기심이었다.

“알잖아. 내 집, 너만 좋다면 언제든 환영이야. 다시 호스트가 되는 건 기쁜 일이니까. 게다가 2주 뒤면 우리 집 꼬맹이도 없어서 완전 자유야. 방학 동안 외할머니 집에서 지낼 계획이거든. 꼬맹이 없이 너랑 온전히 지낼 수 있어.”

그러고 보니 카우치 서핑을 통해 처음 소피아에게 메시지를 보냈을 때도 그녀의 답신은 ‘환영한다’는 첫 문장으로 시작했고, 그 뒤 ‘당신의 호스트가 되어 기쁘다’는 말이 이어졌다. 누군가의 호스트가 되는 것, 그것이 기쁘고 고맙고 행복한 일이라는 것을 나는 소피아에게서 배웠다. 이 커뮤니티에서 정식으로 활동을 시작한 후 만난 나의 첫 번째 호스트 집. 1년 6개월 만에 소피아 집을 다시 찾았다.

그 겨울 러시아 서부에는 매일같이 눈보라가 날렸다. 해는 일찍 저물어 칠흑 같은 밤은 그 끝을 알 수 없었고, 추위와 싸워가며 여행을 이어가는 것이 무슨 의미가 있을까 자문하다가도 인생에서 한 번쯤 겪어볼 만한 추위라는 데에 다시금 의미를 부여하곤 했다. 모스크바에 도착해 소피아 집을 찾았던 그날 저녁은 눈보라의 풍속이 심상치 않았다. 푸시킨의 《눈보라》에는 사랑 이야기라도 있다지만 현실은 인생에서 더는 겪고 싶지 않은 눈보라일 뿐이었다. 그럼에도 불구하고 바부시킨스카야역을 빠져나와 눈보라를 헤치며 지도에 표시된 꽃집을 어렵사리 찾은 건 결국 사랑 때문이 아니었을까. 꽃다발을 받아 들고 환하게 웃는 소피아의 첫인상은 눈보라가 퍼붓는 모스크바의 겨울에서 쉬이 볼 수 없는 러시아 여인의 얼굴이었다. 눈보라를 이긴 꽃, 그것은 나에게도 그녀에게도 사랑이었다.

바부시킨스카야역에서 빠져나오자마자 몸이 기억하는 방향을 따라 걸었다. 케밥을 파는 상점도 꽃집도 전부 그대로였다. 그사이 변한 거라곤 계절과 컬러, 사람들의 옷차림뿐

인 것 같았다. 아파트 단지로 들어서자 오직 하얀 세상만 존재할 것 같았던 이 거리에 푸르른 나무가 하늘 높은 줄 모르고 힘차게 뻗어 있었다. 풍경에 빠져든 사이 배낭을 짊어진 등에선 땀이 차올라 아래로 쉴 새 없이 흘렀다. 이마에도 겨드랑이에도 땀이 굳게 맺혔다. 순식간에 후끈 달아오른 몸의 기억에 새로운 장치가 불쑥 찾아들었다. 세찬 눈보라가 지나간 그곳, 모스크바에도 여름의 무더위가 시작되고 있었다.

"엘리베이터 버튼 헷갈리지 않았어?"

인사말이 끝나기 무섭게 소피아는 자신의 몸이 기억하는 순간 하나를 끄집어냈다.

"오늘도 4층에서 내렸다가 엘리베이터 다시 타고 올라온 건 아니겠지?"

"아니, 그 반대야. 5층 버튼을 누른 것까진 좋았는데 내려서 벽에 찍힌 4층 마크를 보니까 갑자기 멍해지더라. 버튼을 잘못 누른 건지, 마크가 잘못된 건지 잠시 생각했어. 그러다 정신이 번쩍 들었어. '여기가 4층이구나. 네 집 앞이구나' 하고 말이야. 어쨌든 엘리베이터는 한 번만 탔어. 나 잘했지?"

복잡하게 들리겠지만 대화의 요지는 간단하다. 소피아 집은 공식적으로 4층이지만 엘리베이터를 타면 5층 버튼을 누르고 내려야 한다. 엘리베이터 버튼을 제대로 눌러도 길을 헤맬 수 있는 구조다. 그녀를 포함해 아파트에 사는 주민들은 불편함을 모르고 살지만 방문객들, 특히 외국인들이 올 때마다 같은 실수가 되풀이된다. 다른 이의 다른 시각에서 자신의 환경을 다르게 바라볼 수 있다는 건 카우치 호스트가 누리는 가장 흥미로운 경험이다. 소피아가 호스트를 하는 이유이기도 하다.

"새 직장은 어때?"

"직장이 다 똑같지 뭐."

"왜 옮겼는데?"

"돈 때문이지 뭐. 상황이 전과 바뀌었으니까."

"이전 직장에서 연봉을 깎았어?"

"아니, 직장이 아니라 내 상황이."

"내 앞에 있는 너는 그대로인데. 샤워실 욕조를 가득 채운 꼬맹이의 장난감도 그대로고."

"하하하."

누가 먼저랄 것 없이 서로가 동시에 웃음을 터트렸다.

"그때도 욕실이 저렇게 지저분했나?"

"보아하니 장난감 개수가 하나도 빠짐없이 그대로인 거 같던데. 세어본 건 아니지만. 하하."

장난감을 덮은 먼지마저도 예전 그대로인 것 같은 욕실을 두고 우린 한참을 웃었다.

"전남편이 모스크바를 떠났어."

"어디로 갔는데?"

"포르투갈."

"왜? 직장 때문에?"

"여기서 포르투갈 여자를 만나서 재혼했는데 여자가 포르투갈에서 살기를 원했나 봐."

"그럼 전남편이 아이 양육에 책임이 없는 거야?"

"그건 아닌데 싸우기 싫어서. 내가 돈을 더 벌어야겠다고 생각했어."

"그래서 직장을 옮긴 거구나."

"아들이 초등학교 들어가거든. 미리 준비해야지. 이번 여름휴가도 반납했어. 새 직장에 적응도 해야 하고, 꼬맹이 학교도 알아봐야 하고."

싱글맘 소피아의 몸은 훗날 이번 모스크바의 여름을 어떻게 기억할까?

그녀의 퇴근 시간에 맞춰 우리는 매일같이 저녁 시간을 함께 보냈다. 붉은광장을 중심으로 지도상에 둥글게 원이 그려져 있는 도시의 중심부를 정처 없이 산책하거나 소피아가 평소 가보고 싶어 했던 식당에 들러 밥을 먹거나 하는 일이 우리의 저녁을 채웠다.

"네가 와서 좋다. 너처럼 여행자가 된 기분이야. 네가 아니었다면 퇴근하자마자 곧장 집에 가서 침대에 콕 박혀 있을 텐데 말이야."

"내가 지금 서울에 있다면 분명히 너랑 같은 생각을 했을 거야."

그다지 특별할 것 없어 보이는 일상의 시간이 여행의 시간과 맞물려 우리에게 특별한 순간을 허락했다. 서점에 간 날은 특히 더 그랬다.

그날 저녁도 어김없이 우리는 일린스키공원에서 만나 길을 따라 걷기 시작했다. 여느 날과 다른 점이라면 소피아에게 목적지가 있었다는 것이다.

"너한테 꼭 보여주고 싶은 곳이 있어. 네가 보면 좋아할 거야."

한껏 들뜬 소피아의 기운이 내게도 고스란히 전해졌다.

"이곳을 보고 나면 모스크바가 어떤 도시인지 알게 될 거야. 내가 생각하는 나의 도시 모스크바를."

이 말에 기대보다 의심이 먼저 들었다. 그녀답지 않게 확신에 찬 말을 늘어놓으며 쓸데없는 기대감을 증폭시킨다고 생각했다. 이방인은 공감하기 어려운 모스크바인의 자부심

같은 것을 보여주려는 속셈인 건가 싶었다.

"다 왔어. 여기야."

소피아의 발걸음이 멈추고 그녀의 손가락이 가리킨 곳은 좁다랗고 후미진 계단으로 이어지는 지하 공간이었다. 역시 의심을 품길 잘했다 싶다.

두세 평 남짓한 좁은 공간에는 온통 책 세상이 펼쳐졌다. 낡은 종이 냄새가 코를 자극하며 책의 맛을 느끼게 하는 헌책방의 분위기가 제법 그럴싸했다. 이름은 코다세비치 서점. 허름하지만 나름의 멋을 풍기는 책방이긴 한데, 소피아의 생각대로 내가 좋아할 만한 장소이긴 한데, 이 책방과 모스크바의 연관성이 뭔지 도통 감이 잡히지 않았다. 모스크바에서 처음 문을 연 역사적인 헌책방? 아니면 모스크바는 책을 사랑하는 도시? 그도 아니면 모스크바는 헌책을 사랑하는 도시? 책방 구석구석을 들여다봐도 모스크바가 어떤 도시인지 영 모르지 싶었다. 굳이 스스로 답을 찾아야 하는 건 아니었는데 말이다.

"소피아, 이 책방은 어떤 곳이야?"

"음, 이곳이 중고 외국 서적을 많이 보유하고 있다는 이유로 헌책 마니아 사이에서 입소문을 탄 곳인데, 그보다 한때 재정 위기를 겪어 폐업으로까지 내몰린 이 책방이 살아남은 데는 특별한 이야기가 있어."

한쪽 구석에서 나직한 목소리로 말을 하는 그녀에게 두 귀를 바짝 갖다 댔다.

"어느 날 책방 주인이 월세가 밀려서 쫓겨날 상황에 처한 거야. 사실 이런 작은 동네책방에서 흑자를 내는 수익구조를 갖춘다는 건 쉬운 일은 아니지. 책방은 지키고 싶지만 금전적으로 달리 방도가 없던 주인이 우선 밀린 월세부터 해결하자는 생각으로 SNS에 이벤트를 열었어. '폐업 위기에 처한 책방을 당신의 후원으로 구해달라'는 호소문 같은 이벤트였어. 그렇다고 주인이 무작정 후원을 받으려 했던 건 아니야. 먼저 주인은 서점 내 모든 책에 붙어 있거나 적혀 있는 가격을 제거했어. 손님들이 직접 구입을 원하는 책의 가격을 정하도록 한 거야. 그리고 이곳을 사랑하는 단골들을 시작으로 이벤트가 널리 알려지면서 많은 사람이 찾아와 자신이 지불할 수 있는 최고 또는 최선의 값을 치러 결국 이 책방을 지켜낸 거지."

이야기는 여기서 끝나지 않았다.

"이벤트 결과는 주인의 예상보다 훨씬 성공적이었어. 밀린 월세를 다 지불하고도 여윳돈이 생겼으니까. 주인은 다시 SNS에 새로운 이벤트를 알리는 공지를 띄웠어. '폐업 위기에

ЭЗОТЕРИКА
КИНО

서 벗어나게 해준 당신에게 보답하는 자리를 마련한다'는 내용이었어. 주인은 남은 돈을 몽땅 털어 모두가 즐길 수 있는 성대한 와인파티를 열었어. 결국 주인도 손님도 같이 살아남은 거지. 서로가 책방을 잃지 않았잖아. 서로가 일상의 소중한 것을 지켜냈으니까."

소피아에게 모스크바는 그런 도시다. 정치, 사회, 역사적 환경이야 어찌 되었든 소피아가 나고 자란 그녀의 도시, 그녀가 보여주고 싶은 모스크바의 일상은 그렇게 살아남아 존재한다. 문득 서울이 그리웠다. 내가 나고 자란 나의 도시, 서울을 새까맣게 잊고 지냈다. 타인의 터전을 구경하고 다니느라 정신이 팔려 나의 터전을 살피지 못했다는 자각에 괜한 부끄러움이 두 뺨을 달궜다. 소피아를 통해 나의 도시를 이제서라도 그려볼 수 있어 다행이지 싶었다. 내가 보여주고 싶은 서울의 일상은 어떤 모습일까?

소피아가 서울을 찾는다면 나는 인왕산 꼭대기로 그녀를 안내할 것이다. 그곳 정상에 올라 하루의 해질녘 풍경을 바라보며 소피아에게 이렇게 말하고 싶다.

"서울은 어제와 오늘이 다르고, 오늘과 내일이 또 다른 도시야. 이 하루가 지나면 네가 본 서울의 일상은 사라지고 없어. 사라진대도 슬퍼하지 마. 서울 전역을 한눈에 담을 수 있는 이곳 정상에서 네 눈앞에 펼쳐진 서울의 일상은 순식간에 지고 또 새로 피어나니까. 이 도시는 변화를 결코 놓치는 법이 없어. 그것이 도시의 일상에 아주아주 소중한 가치라도 되는 것처럼. 어떤 이들은 변화를 거부하고 난색을 표하지만 그럼에도 이 하루가 지나면 변화는 어김없이 또 찾아와. 그것이 도시의 희망이라도 되는 것처럼."

서울은 끊임없이 변화하고 일상은 계속해서 희망을 찾는다. 그렇게라도, 언제라도 찾을 수 있다는 희망을 품고 나는 나만의 온기로 서울의 일상을 지키며 살아간다.

그렇게 계속 걸어가.
뒤를 돌아보지 말고.

소크라테스와 조르바

왕복 2차선 도로 위에 차량은 둘째 치고 개미 한 마리 보이지 않았다. 스와미와 나는 차도 위를 인도처럼 걷고 있었다. 이런 상황을 처음 맞닥뜨렸다면 당연히 발걸음도 무겁고 어깨도 무거웠겠지만 지금까지의 경험상 왕복 2차선 도로일수록 히치하이킹이 훨씬 쉬웠다. 이런 도로에선 양보다 질이 먹혔다. 손꼽아 기다리던 차량이 도로 위에 등장하기만 하면 대개의 운전자들이 여행자와의 동행을 먼저 반겼다. 도로 위 달리는 차량의 수는 적을지 몰라도 운전자를 만날 확률은 백퍼센트에 가까웠다.

발걸음이 마을에서 점점 벗어날수록 마을 전경이 더 명확히 눈에 들어왔다. 저 멀리 마을 꼭대기에 있는 아크로폴리스까지 시야에 담겼다. 촘촘히 늘어선 키 큰 나무들이 하늘에 닿을 듯 쭉 뻗어 있는 저 꼭대기 어딘가에 여행자의 텐트 자국이 찍혀 있을 것이었다. 떠나간 자의 온기를 아직 선명하게 품고서.

지난밤의 잠자리가 저 나무 옆인가? 아니, 저 나무 옆인가? 아니, 저 나무 옆인가? 그도 아니라면 저 나무 옆인가? 손가락으로 이리저리 가리키며 찾아보려 했지만 저 나무가 저 나무 같고 저 나무가 저 나무처럼 보였다. 발걸음이 마을과 점점 멀어질수록 마을 전경이 흐릿하게 두 눈을 채웠다.

여행자에게 하룻밤을 내어준 도모코스가 그새 걷다 보니 등 뒤로 위치를 바꿨다. 아테네에서 도모코스로 가는 운전자를 만난 덕분에, 날이 저문 뒤에야 이 마을에 도착한 덕분에 우연이 필연이 되었다. 우리의 다음 목적지인 메테오라까지 가는 길에서는 또 어떤 우연이 필연이 될까? 도로 위에 찍힌 두 발자국에 순간 활기가 솟구쳤다. 앞장서 걸음을 내딛는 스와미의 뒤를 따라 조금 더 걷는다 해도 문제될 건 없어 보였다. 다만 우연이 우리에게 찾아와 필연이 되는 때가 가까운 시점이기를 바랐다.

동네 주민이라고 밝힌 두어 명의 운전자를 보내고 난 뒤 건넛마을에 사는 운전자가 나타났다. 우연은 그리 멀지 않은 시점에서 여행자를 맞았다. 구레나룻부터 하관까지 수북하게 뒤덮은 수염이 운전자의 인상을 완성했다. 어딘가 익숙한 인상이었다. 학창 시절 교과서로 배운 그리스 남자였다. 소크라테스 같은 고대 그리스 철학자가 살아 돌아온다면 분명 그의 인상과 결이 같을 거였다.

“두 사람 다퉜어요?”

기본적인 인사와 소개가 끝나고 난 뒤 잠시 정적이 흐른 사이, 룸미러로 스와미와 나를 번갈아 쳐다보던 털보 아저씨가 대뜸 던진 말이었다. 순간 온몸에 소름이 돋았다. 그가 무엇을 보고 한 말인지는 알 수 없었지만 점쟁이 같은 그의 감은 정확했다. 이제부터 제법 대화가 흥미로워질 것 같았다. 우연이 필연이 될 차례였다.

“우리가 다툰지 어떻게 알았어요? 다퉜다기보다 그냥 의견이 안 맞아서 서로 자기주장을 내세우고 있다가 당신을 만났던 건데요.”

“살아온 세월이 길고 깊어지면 알고 싶지 않아도 저절로 알게 되는 것들이 있어요. 아까 소개할 때 말했잖아요. 지금 두 사람 한 달 가까이 같이 여행을 하고 있다고. 다투는 게 당연하지 뭘 그래? 다투지 않는 게 더 이상한 거 아니겠어요? 게다가 그냥 여행도 아니고 히치하이킹이라는 색다른 방식을 택했으니 두 사람 사이에 상의해야 할 것도, 조율해야 할 것도, 결정해야 할 것도 얼마나 많겠어."

"이런 방식의 여행을 해보셨어요?"

"또 살아온 세월을 언급하게 하는데, 꼭 어떤 것을 경험하지 않아도 시간이 흐르면 저절로 알게 되는 것이 인생이더라고요. 살아보니까 그래요."

그의 인상에 어울리는 철학 같은 이야기인데, 그의 말이 퍼뜩 직역은 됐지만 의역은 잘 안 됐다. 살아온 세월이 달라서일지도 몰랐다.

"이를테면 이런 거예요. 두 사람이 여행을 하고 있지만 이게 넓게 보면 인생이거든. 살아가는 행위인 거지. 그 안에서 관계를 쌓아가는 것이고. 그 형태가 좋은 방향일 수도 있고, 그렇지 않을 수도 있고."

"시간이 지날수록 서로 의견 충돌이 잦아지는 건 후자일까요?"

"글쎄, 의견 충돌이 있다고 해서 관계의 방향이 부정적이라고 볼 순 없어요. 다투고 난 후가 더 중요하지."

"화해하는 방식을 말하는 거예요?"

"화해를 하면야 가장 베스트인데, 그게 뭐 어디 쉽겠어요? 화해라는 행위가 둘 중 누군가 먼저 손을 내밀어야 시작되는 건데 그걸 서로 미루려고 하겠지. 복잡하게 생각하지 말아요. 간단해. 그냥 두 사람이 하나만 기억하면 돼요. 왜 같이 여행을 시작했고, 하고 있는지 말이에요. 그것이 아직도 명확하다면 좋은 방향일 거예요. 지금 당신들을 봐요. 나를 만나기 전에 다퉜다고 했지만 지금은 뒷좌석에 같이 앉아 있잖아요. 오늘의 목적지를 향해 이동하고 있잖아요. 지금처럼 그렇게 계속 가면 돼요. 뒤를 돌아보지 말고."

운전대를 잡고 있는 사람이 일순간 《그리스인 조르바》 속 주인공으로 보였다. 소크라테스라고 여겼던 털보 아저씨가 어느새 조르바로 바뀌어 있었다. 크레타섬에 갔을 때 이라클리오 도심에 세워진 니코스 카잔차키스의 묘를 찾았었다. 새파란 하늘 아래 야자수가 위용을 과시하고, 장식 하나 없이 반듯하게 드러누운 네모난 무덤과 그 앞에 꽂힌 나무 십자가가 조화를 이루며 여행자를 반겼다. 카잔차키스는 살아생전 영혼의 자유로움을 갈망하며 전 세계를 방랑한 여행자였다.

"나는 아무것도 바라지 않는다. 나는 아무것도 두려워하지 않는다. 나는 자유다."

그가 생전에 미리 써놓았다는 세 줄의 묘비명을 떠올리며 눈앞에 등장한 현실의 조르바를 바라봤다. 나는 무언가를 바라고, 두려워하고, 자유롭지 않다. 현실의 나의 영혼은 그렇다. 그래서 나는 항상 그리스에 오고 싶었다. 그곳에서 그리스인 조르바를 만나는 꿈을 꾸곤 했다.

"당신한테는 그게 쉬운가요? 살아온 세월이 길고 깊어지면 저절로 뒤를 돌아보지 않게 되는지 궁금해서요. 그게 머리로는 이해가 되는데 막상 실천은 쉽지 않아서요."

"인생에서 노력 없이 저절로 되는 게 어디 있겠어요? 살다 보니 깨우친 거지. 굳이 살면서 겪지 않아도 되는 일을 겪게 되면 시간이 지나서 하나의 깨우침으로 다가오더라고요. 몇 년 전에 이혼을 했거든요. 아내가 꽤 오랫동안 한 남자와 바람을 피우고 있었어요."

난데없는 막장 드라마의 시작이었다. 때마침 우회전 차선이 우리 앞에 나타났다. 드라마의 예고편이 끝나고 본편을 기다리고 있는데, 주인공과 헤어져야 할 기막힌 타이밍이라니……. 아쉬운 건 조르바도 마찬가지인 것 같았다. 사실 묻지도 않았는데 먼저 미끼를 던진 것도 조르바였고, 갓길에 차를 세우고 본격적으로 먼저 입을 털기 시작한 것도 조르바였다.

"아내와 결혼해서 아들 하나 딸 하나 낳고 20년을 같이 살았어요. 그냥 남들과 다를 바 없는 평범한 가족이었죠. 집 전화기 음성사서함에 남겨진 낯선 남성의 목소리를 듣기 전까지는 말이에요. 믿고 싶지 않았지만 남성은 아내가 바람을 피우는 상대였고, 충격적인 건 한두 번 가볍게 만난 사이가 아니라는 사실이었어요. 수년 동안 지속되어온 관계였어요."

"아내가 사실 그대로 실토하던가요?"

"정직한 사람이었으면 바람을 피우지 않았겠죠. 몇 번의 추궁 끝에 아내가 백기를 들고 모든 걸 토해냈어요. 전말을 알고 나니까 추궁을 한 게 잘한 짓인지 또 엄청 후회가 되더라고요. 그러지 않았다면 반대의 후회가 남았겠죠."

"그래도 이혼에 대한 후회는 남지 않았을 것 같아요. 당신이 선택할 수 있는 옵션이 그것뿐이었을 테니까요."

"그것밖에 선택할 수 없다는 현실에 화가 났죠. 아주 엄청. 근데 아내 입장에서도 이혼은 선택이었어요. 당하는 게 아니었어."

"아내도 이혼을 원했다는 말이에요?"

"자신이 바람을 피운 데는 남편인 나한테도 어느 정도의 책임이 있다고 주장했어요. 이혼을 정당화하고 싶었던 거예요. 물론 자기 잘못과 책임이 크지만 다른 남성을 만날 수밖에 없는 상황을 만든 남편한테도 이혼의 귀책사유가 있다는 주장이었죠. 그때 나는 무너져 내렸어요. 아내가 바람을 피운다는 것을 알았을 때보다 더 큰 충격이었어요. 잘못했다고 싹싹 빌어도 모자랄 판인데 나를 질책하는 게 말이 돼. 그게 어떻게 내 잘못이고 책임일 수가 있겠어. 관계가 다 무너져 내렸어요. '나는 20년간 대체 어떤 사람과 관계를 맺고 살아왔나?' 하는 생각이 오랫동안 머릿속을 떠나지 않았어요. 나는 열심히 살아왔다고 자부했거든요. 한눈 한 번 팔지 않고 열심히 평범히 살아왔는데. 이혼 과정에서도, 이혼을 하고 난 후에도 나는 계속 과거에만 머물러 있었어요. 뒤를 돌아보는 데 너무나 많은 시간을 허비했어요."

조르바에게 닥친 시련과 아픔이 이쯤에서 끝이 났어야 했다. 예상치 못한 아버지의 죽음은 그가 감당하기엔 너무나 큰 충격이었다.

"이혼하고 나서 한 1년쯤 지났을 거예요. 아버지의 병환이 급속도로 악화되었고, 작별할 시간도 충분히 주어지지 않은 상황에서 아버지를 보내드려야 했어요. 1년 동안 미친놈처럼 살았는데, 아버지한테 아들로서 보여준 마지막 모습이 너무나 형편없었는데, 되돌리고 싶어도 그럴 수가 없었어요. 그게 지금도 가장 후회스러워요. 그렇게 빨리 가실 줄 알았다면 정신 차리고 사는 모습을 보여드려야 했는데 말이야.

아버지가 기억하는 아들의 마지막 모습이 미친놈까진 되지 말았어야 하는데 말이야. 말해봤자 소용없었어요. 그때서야 정신을 차렸어요. 더 늦기 전에, 또 후회하기 전에 미친놈에서 벗어나야 했어요."

이혼한 지 4년이 지났고, 아버지가 돌아가신 지 3년이 흘렀다.

"나는 괜찮아요. 내 삶도 이제 아무렇지 않아요."

"흘러간 시간이 아픔을 치유했다고 생각해요?"

"그것도 무시할 수는 없겠죠. 그보다 중요한 건 인생이 아픔과 시련을 주기도 하지만 그 치유도 스스로 하게 만든다는 점이에요. 나한테 닥친 모든 사건과 상황이 비할 수 없는 고통을 안겨줬다고 생각했거든. 근데 진짜 고통은 가장 소중한 사람을 잃었을 때였어요. 아버지가 떠나고 난 뒤 진짜 고통이 찾아왔죠. 그리고 그 고통을 겪은 후에 '괜찮다는 말'의 깊이를 알게 되었어요."

"그럼 당신이 괜찮다는 건 진짜 괜찮아서 하는 말이 아닌 거예요?"

"아니, 나는 정말 괜찮아요. 아주 잘 지내고 있어요. 데이트하는 상대도 생겼을 만큼."

"예전의 일상으로 돌아간 건 정말 다행이에요."

"나는 계속 일상에 머물러 있었어요. 나 자신은 자각하지 못했지만. 죽을 것 같은 극도의 고통 속에서도 나는 일상을 살아가고 있었거든요. 매일 같은 시간에 일어나 밥을 먹고 일을 하고 또다시 밥을 먹고 잠을 자는 행위가 반복적으로 이어졌어요. 지금도 그래. 날마다 반복되는 생활을, 즉 일상을 살아가는 것이 괜찮은 행위인 거예요. 아무렇지도 않은, 아무 일도 없는, 보통의 날들인 거예요. 과거를 돌아보지 않고 그날그날 현재에 머무르는 인생이 그런 거더라고요."

조르바는 '후회하지 않는 완전한 삶'은 존재하지 않는다고 했다. 우리는 신이 아닌 인간이기 때문이라면서. 나약한 인간이 할 수 있는 건 주어진 그날그날을 견디며 살아가는 것, 그것으로 '후회가 남는 괜찮은 삶'이 존재할 수 있다고 했다. 비로소 현실의 조르바와 카잔차키스가 만났다. 아무렇지도 않은, 아무 일도 없는, 보통의 날들이 아무것도 바라지 않고, 아무것도 두려워하지 않게, 마침내 인간을 자유로 이끈다.

나는 괜찮다. 나는 자유다. 털보 아저씨가 깨우친 그 말의 깊이가 아주 천천히 내 인생에 다가와주었으면 좋겠다.

누구에게나 비밀은 있다

"와, 너무 놀랍지 않아? 자기 이혼 얘기를 꺼낼 줄은 상상도 못 했어. 근데 더 놀라운 건 너야. 효정! 만난 지 얼마 되지 않은 낯선 사람한테 자기 개인사를 밝힌 그 사람 태도도 놀라웠지만 그런 사연에 당황하거나 놀라는 기색 없이 자연스럽게 대화하고 질문을 던지는 네 모습이 신기했어. 이런 상황을 미리 예상하고 준비라도 한 것처럼 말이야. 둘이 원래 알고 지내는 사이 같았어."

"반대로 너는 당황스럽고 놀라워서 침묵을 택했던 거야?"

"무슨 말을 해야 할지 망설여졌는데 너는 아닌 것 같더라.

만약 나 혼자 있었다면 우회전 차선에서 바로 헤어졌을 거야. 아니지, 아마 이혼 얘기조차 나오지 않았을걸."

만약 나 혼자였다면 털보 아저씨가 갓길에 차를 정차한 시간이 훨씬 길었을 것이다. 아니, 어쩌면 즉흥적으로 목적지를 바꾸고 그를 따라 건넛마을로 향했을지도 모른다. 자기 농장으로 우리를 초대하고 싶다고 밝힌 그의 말을 철석같이 믿고서.

"너는 그런 적 없어? 친구한테 쉽게 할 수 없는 이야기를 생판 모르는 남한테 털어놓은 적 말이야. 아무에게도 꺼내놓지 못한 비밀을 스스럼없이 말한다거나 너의 진짜 생각을 밝힌다거나 하는 거."

"글쎄, 너도 알다시피 내가 비밀을 가질 만한 부류는 못 되잖아. 진지한 성격도 아니고."

상대를 잘못 골랐다. 대화가 진지한 방향으로 흐를라치면 스와미가 입을 닫는다는 사실을 간과했다.

"너는 있어? 나한테는 말하지 못하는데 길에서 잠깐 만난 사람한테는 밝힐 수 있는 비밀?"

"지금 당장은 없는데, 살면서 그런 적은 있었던 것 같아."

"모르는 사람한테 비밀을 말한다는 건 결과적으로 그 비밀이 지켜질 수 있다고 믿기 때문인 건가?"

“그렇지. 생판 남이니 상대의 비밀을 알았다고 해도 그걸 누구한테 떠벌리겠어. 근데 달리 생각하면 내 이야기에 관심을 갖고 들어주는 사람을 만나서일 수도 있지.”

“친구한테 들어달라고 해도 되는 거잖아.”

“상대가 스스로 원해서 들어주는 것과 부탁을 받고 들어주는 건 다르지. 자연스럽지 않잖아.”

“그래, 아까 대화 중에 이혼 얘기가 자연스럽게 나오긴 했어. 나만 부자연스러웠어.”

“네가 그런 상황이 처음이라 당황했던 거지.”

“놀랍긴 한데, 특별하긴 해. 그지? 흥미로운 만남이었던 건 분명해. 그지?”

“그러니까 다음에 또 이런 만남이 생기면 당황하지 말고 너도 말 좀 해. 알았지?”

나도 스와미처럼 무슨 말을 해야 할지 몰라 당황했던 적이 있었다. 이제 막 만났을 뿐인데, 길에서 우연히 만나 생각보다 대화가 길어졌을 뿐인데, 어느새 상대의 입을 타고 흘러나온 지극히 개인적인 이야기가 대화의 중심을 차지한 적이 더러 있었다. 상대의 입은 자연스러웠지만 내 귀는 그것을 따라가지 못했다.

몇 번의 예기치 못한 만남과 대화의 경험이 쌓이고 나서야 내 귀는 조금씩 상대의 입을 받아들이기 시작했다. 어떤 특별한 말도 기술도 필요 없이 그 혹은 그녀의 사연에 관심을 갖고 묵묵히 들어주기만 하면 된다는 것을 깨닫고 난 후였다. 누구에게나 비밀은 있으니까.

스와미와 나 둘뿐인 고요한 도로 위에서 한참의 시간을 보내는 동안 나는 몇 해 전 스님의 아내를 만났던 순간을 떠올렸다.

"사실 스님은 내 남편이에요. 나는 그의 아내고요. 30여 년 전에 결혼해 아들 둘을 낳았는데 어느 날 남편이 출가를 결심하곤 수행의 길로 떠나버렸지 뭐예요. 저녁 먹기 전에 공양간에서 나랑 대화 나누던 총각 기억나요? 둘째 아들이에요. 이곳과 멀지 않은 곳에 살면서 이따금씩 나를 보러 찾아와요."

스님의 아내를 만난 곳은 충청도 어느 작은 사찰이었다. 자전거 여행 도중 텐트 칠 곳을 찾다가 발견한 그곳에서 공양간 관리인이라고 자신을 소개한 그녀는 바깥에서 자려는 나를 한사코 말리며 황송하게도 내게 손님방을 내어주고 저녁밥까지 알뜰히 살폈다. 공양간에 딸린 작은 방이 스님의 아내가 머무르는 공간이었다. 그 방에서 허기진 배를 채우는 동안 스님의 아내는 밥상 맞은편에 자리를 차지하고서는 마치 동물원 원숭이 보듯 나를 신기하게 쳐다봤다. 나 같은 사람을 처음 만나기라도 한 것처럼. 여자, 혼자, 자전거를 타고 여행하는 사람을.

"수행의 길로 떠난 아이 아빠는 1년에 한두 번 집을 찾았어요. 두 아이를 거의 나 혼자 키우다시피 했죠. 절에 아예 들어와 살기 시작한 건 애들이 성장해서 독립한 후였어요. 절에 들어오기 전까진 두 아이를 양육하는 일이 내가 아는 세상의 전부였는데, 지금은 이곳 사찰이 세상의 전부가 되었네요. 육십 평생 바깥세상이 어찌 돌아가는지 전혀 모르고 산 거지 뭐. 아가씨 같은 사람을 만날 줄 누가 알았겠어요? 밥 먹는데 괜히 나이가 몇인지, 뭐 하는 사람인지, 왜 여행을 하는지, 쓸데없이 이것저것 물어봐서 미안해요. 그냥 궁금하고 신기해서요. 다른 뜻은 없어요."

부처님의 자비가 또 하나의 인연으로 이어져 그녀와 나의 세상을 비추고 있었다.

"처음 만난 사람한테 내가 별 얘기를 다 하네요. 이상하죠? 이런 속 얘기 잘 안 하는데, 아니 아예 안 해요. 들어주는 사람이 있어서 그런가 나도 모르게 말이 술술 나오네요. 여기 오는 신자들은 내 존재에 대해서 전혀 몰라요. 그냥 나를 밥하고 청소하는 아줌마로만 알아요. 그렇게 살기로 하고 들어온 거니까. 근데 처음엔 마음처럼 쉽진 않더라고. 인간이라 욕심도 생기고 그런 거겠지. 밥 다 먹었으면 차 한잔 줄까요? 피곤할 텐데 내가 괜히 붙잡고 있는 거 아닌가 모르겠네. 괜찮다면 여기서 좀 더 쉬었다 가요."

자정이 넘어서까지 찻잔은 식을 줄 몰랐다. 30년 가까이 스님의 아내로 살아온 파란만장한 삶이 하룻밤을 지새운다고 해서 끝날 수 있는 이야기도 결코 아니었다. 무엇보다 숨죽여 살아온 삶을 다 말로 표현할 수도 없는 노릇이다.

그럼에도 불구하고 다음 날 아침 절을 떠나는 내게 스님의 아내는 고맙다는 인사를 잊지 않았다. 자신의 하찮은 이야기를 묵묵히 들어줘서 고맙다고, 그것만으로 큰 위로가 되었다고 했다. 감사한 일이었다. 그것이 하찮은 내게도 위로가 된 건 당연했다.

우린 그렇게 비밀을 공유한 사이가 되었고, 그것으로 서로가 영감을 주고받을 수 있었다. 결과적으로 보면 그다지 거창하거나 대단할 것 없는 비밀과 영감을. 나와 삶의 방식이 다른 타인을 만났을 때 나의 세계를 상대에게 열어 보일 수 있다면 나의 비밀은 내 것이 아닌 우리의 것이 된다. 우리가 함께 어깨에 짊어진 책임감을 나누어 지고 나면 그 빈 공간에 새로운 삶의 책임감이 들어선다. 그것이 가진 무게는 영감의 유무, 즉 어떤 영감을 그 공간에 채우느냐에 달렸다. 당시 절을 떠나며 느꼈던 두 발의 가벼움이 아직도 가슴 한구석을 때린다.

우리가 이 지점에서 만날 운명이었나 봐요.

왜 히치하이킹을 하는가

그리스 아테네 외곽 지역에서 첫 히치하이킹을 시작했을 때 주변을 지나치는 사람들이 하나같이 스와미와 나를 향해 고개를 가로저었다. 이들은 우리에게 절대 히치하이킹이 통하지 않을 거라고 입을 모아 말했다. 한때 국가부도를 맞았던 IMF 사태 이후 그리스에선 정부는 물론 사람 간 불신이 깊어져 누구도 낯선 이방인에게 자신의 차량 문을 열어주지 않을 거라고 큰소리를 쳐댔다. 태워줄 것도 아니면서 초를 치는 인간들이 싫었지만 지나고 보니 아예 틀린 말은 아니었다. 그리스에서 우리가 만났던 운전자의 80~90퍼센트가 그리스에 거주하는 독일인과 스위스인, 프랑스인 같은 외국인이었고, 정작 그리스 사람이 운전하는 차량을 만난 건 두어 번밖에 되지 않았다. 하지만 그리스에서의 히치하이킹 결과만 놓고 보면 우리가 길 위에서 흘려보낸 시간이 그리 긴 편에 속하진 않았다. 독일에 와서야 그것의 비교 대상을 찾을 수 있었다.

독일 남서부의 바덴바덴에 도착하기 전까지 우리는 생각지도 못한 에너지를 쏟아야 했다. 뮌헨, 슈투트가르트와 같은 독일의 대도시를 거쳐 오는 동안 도로 주변 히치하이킹이 가능한 장소를 찾고 다시 또 찾는 과정을 여러 번 반복하느라 진이 빠져 있었다. 이에 비해 바덴바덴은 소도시라 장소를 찾는 일이 조금은 수월하지 않을까 내심 기대했다. 우여곡절 끝에 늦은 오후가 다 되어서야 바덴바덴에 도착한 우리는 이곳에서 500번 국도를 따라 프랑스 국경까지 가거나 국경을 넘어 비상부르까지 갈 계획이었다. 이 지역에서 독일에서의 마지막 히치하이킹이 이뤄지기를 바랐다.

시내 중심가와 떨어진 500번 국도의 한 구간에서 우리는 보드판과 엄지손가락을 치켜세웠다. 퇴근 시간이 시작되기 전 운전자를 만날 수 있기를 바랐지만 시간이 흐를수록 늘어나는 차량들로 도로의 빈 공간은 점차 줄어들고 있었다. 외곽에서 시내 중심가로 들어오는 퇴근 차량이 대부분이라 우리와 방향이 같은 차량을 만날 수 있을지 미지수였다. 장소를 바꿔야 했다. 한데 우리 손에 주어진 옵션은 오직 하나뿐이었다. 4킬로미터 가량 되는 직선으로 뻗은 시내 중심가를 걸어서 통과한 후 중심가와 떨어진 500번 국도의 한 지점에서 다시 히치하이킹을 시도하는 것.

또다시 걸어야 했다. 독일에 오기 전까진 히치하이킹 지점을 찾고 변경하는 구간이 그다지 길지 않았다. 1킬로미터 내외로 걸으면 다른 지점을 찾을 수 있었고, 거기서도 차량이 잡히지 않으면 또다시 그 구간만큼의 거리를 걸으면 되었다. 하지만 독일에 온 뒤론 걷느라 지체되는 시간이 길었다. 한 번에 3~4킬로미터는 기본이었다. 시내를 통과하거나 다리를 건너거나 하는 등의 체력적 소모가 컸다. 독일이기 때문이 아니라 히치하이킹 여정이 그런 것이었다. 도로 위에서 운전자와 만날 때는 같은 목적지가 아닌 같은 방향이 우선시된다. 같은 방향의 운전자를 만나려면 구간에 따라 몸이 호되게 고생해야 한다는 걸 독일에 와서야 뒤늦게 알았다.

시내 중심가에 들어서고 보니 퇴근 후 풍경이 제대로 눈에 들어왔다. 노천카페와 식당은 빈자리 없이 붐볐고 이동하는 사람들의 발걸음은 분주했다. 오랜만에 보는 도시의 저녁 풍경이었다. 이들 사이에 껴서 느긋하게 평일 저녁 시간을 보내고 싶은 마음이 굴뚝같았지만 그보다 어깨를 짓누르는 배낭의 무게를 견디는 게 내가 해야 할 일이었다. 여행의 날들이 늘어나고 걷는 횟수가 쌓여도 배낭의 무게에 적응하기란 쉽지 않다.

그때 처음으로 히치하이킹이 싫어졌다. 나는 왜 느긋하게 저녁 시간을 즐길 수 없을까? 나는 왜 배낭의 무게를 견뎌야 하는 걸까? 나는 왜 이 길을 걷고 있을까? 나는 왜 히치하이킹을 하고 있을까? 배낭의 무게만큼이나 무거운 온갖 잡생각이 나를 무겁게 짓눌렀다. 잠깐의 휴식을 취하기 위해 젤라또 가게에서 아이스크림을 먹으며 몸과 마음을 달래보았지만 소용이 없었다. 바덴바덴에 걸었던 기대가 처참히 무너져버린 상황에서 아이스크림의 달콤함도 그다지 위로가 되지 않았다. 당장의 걷기가 싫었고, 부단히 걸어서 도착한 그곳에서 또다시 새로운 장소를 찾아야 할지도 모를 염려가 싫었고, 그럼에도 희망이 있을 거라는 생각이 싫었다. 이렇게까지 부정적인 나 자신이 꼴도 보기 싫었다.

그간 만났던 운전자들은 우리가 왜 히치하이킹을 하는지 궁금해했다. 여행 경비를 아끼기 위해 선택했다면 오히려 비행기나 버스를 타야 하지 않느냐고 묻기도 했다. 유럽에서 여름 성수기가 시작되기 전이라 얼마든지 저렴한 가격의 비행기나 버스 티켓을 구입할 수 있다는 이유에서였다. 사실 이들의 말이 맞다. 돈이 목적이라면 히치하이킹은 잘못된 선택일 수 있다. 다시 말해 돈이 목적이 아니었으니 히치하이킹이 잘못된 선택은 아니었다. 그렇다면 그 순간의 나는 왜 개고생을 하고 있었을까? 히치하이킹을 개고생이라고 생각하지도 그렇게 표현하고 싶지도 않지만 그 순간의 나 자신에게 '개고생'이라는 단어만큼 정확한 표현은 없었다. 그렇게라도 표현해야 비참한 심정을 덜어낼 수 있을 것 같았다.

질문에 답을 찾자면 사실 히치하이킹 여정을 시작한 이유는 특별할 게 없었다. 히치하이킹으로 여행을 하는 여정 자체가 내게 특별하게 다가왔을 뿐이었다. 카우치 서핑 게스트로 내 집을 찾았던 벨기에 출신 스와미는 호주에서 1년간의 워킹홀리데이를 마치고 아시아 대륙을 여행 중이었다. 그와는 여행 취향이 잘 맞기도 했고, 무엇보다 당시 시간적 여유가 많았던 나로선 여행 메이트를 만났다는 생각에 기뻤다. 그와 함께 서울뿐 아니라 부산과 통영, 그 일대 섬을 함께 여행하며 메이트로서의 정을 돈독히 쌓아갔다. 이후 유럽 대륙까지 그와의 동행이 계속해서 이어지게 된 건 순전히 히치하이킹 때문이었다.

나만 좋다면 나와 함께 그리스에서 벨기에 남부에 있는 그의 누나 집까지 히치하이킹을 시도해보고 싶다는 스와미의 제안은 단번에 내 마음을 사로잡았다. 과거 국내외 여행에서 히치하이킹을 해본 적은 있었지만 한 달이 넘도록 긴 여정을 꾸려본 적은 없었다. 좋은 경험이 될 것 같았다. 이것이 여정을 시작한 이유라면 이유였다. 갑작스레 변경된 업무 스케줄로 인해 스와미가 계획한 전체 루트 중에서 두 차례에 걸쳐 여정에 합류했다. 그리스 아테네에서 알바니아 티라나까지 여행한 후 서울로 돌아와 정해진 업무 스케줄을 마치고 다시 짐을 꾸렸다. 보스니아헤르체고비나 사라예보에서 스와미를 만난 뒤 다시 시작된 히치하이킹 여정은 독일과 프랑스, 목적지인 벨기에를 눈앞에 두고 있었다.

상점도 인적도 드문 한산한 거리가 나타났다. 굳이 지도를 확인하지 않아도 시내 중심가 끝자락이 코앞이라는 것을 알아챌 수 있었다. 흘러가는 시간을 묵묵히 지나쳐온 우리에게 당장의 걷기는 마침내 끝이 보였고, 부단히 걸어서 도착한 하나뿐인 옵션이 '꽝'은 아닐 수도 있겠다는 확신이 샘솟았다. 좁은 도로는 여유가 넘쳤고, 무엇보다 달리는 차량이 쉽게 설 수 있는 넉넉한 공간이 한눈에 들어왔다. 새로운 기대가 또 자연스럽게 우리를 에워쌌다. 기대가 실망으로 변질된다고 해도 기대를 탓할 수는 없는 노릇이다. 실망으로 변질되기 전에 온전히 기대를 만끽하는 수밖에 없었다. 잠시 배낭을 내려놓고 숨을 고르며 신체의 수고를 치하하고 있던 사이 저만치에서 차량의 엔진소리가 우리를 향해 다가오고 있었다. 프랑스 국경 너머에 사는 독일인 운전자와 우리의 방향이 완벽히 일치했다. 다행히도 실망이 우리 편이 아니어서 기쁘고 감사했고, 그보다 기대가 이렇게 빨리 현실이 되리라곤 바라지도 않았다.

"두 사람 어디서 오는 길이에요?"

"시내 중심가 반대편 끝에서요."

"걸어서요?"

"네, 거기서 두어 시간 히치하이킹을 시도했는데, 도심으로 들어오는 차량이 대부분이라 운전자를 만나지 못했어요. 여기선 외곽으로 빠져나가는 차량이 많을 것 같아서 이곳으로 와서 다시 히치하이킹을 시도했어요."

"여기 와서는 얼마나 기다렸어요?"

"막 배낭을 내려놓고 숨을 고르는 상황에서 바로 당신을 만났어요. 마치 영화처럼요."

"우리가 만나야 할 운명의 상대였나 보네요. 내가 서점에 들르지 않았다면 이 시간에 이 길을 지나가지도 않았을 텐데 말이에요."

"퇴근길에 서점에 들렀다 오는 중이었어요?"

"아니요. 오늘 월차라서 회사를 안 갔어요. 하루 종일 집에서 시간을 보내다가 잠깐 서점에 갈 일이 생겨서 외출을 한 거였는데 우리가 이렇게 만났네요. 사실 서점에 갈지 말지 고민을 잠깐 했는데, 가길 잘했네요."

"와, 우리도 4킬로미터를 걸어오길 잘했네요. 걸어오는 동안 너무 힘들어서 엄청 투덜거렸는데……. 여기 쇼핑백에 담긴 게 서점에서 구입한 책인가 봐요?"

"맞아요. 보고 싶으면 꺼내서 봐도 돼요."

쇼핑백에서 꺼내 든 책 표지엔 'You Only Live Once'라고 쓰여 있었다. 욜로YOLO에 관한 책이었다.

"내일 직장 선배의 정년 퇴임식이 있어요. 퇴임 선물로 뭐가 좋을지 많이 고민했는데, 그 선배한테 이 책이 필요할 것 같아서 샀어요. 이 책 읽어본 적 있어요? 두 사람 다 젊은 친구들이니 '욜로'에 대해선 잘 알고 있죠?"

"이 책을 읽어보진 않았지만 매스컴에서 하도 떠들어대서 개념은 알고 있어요. 근데 선배한테 왜 이 책이 필요하다고 생각했는지 물어봐도 돼요?"

"예전에 퇴직한 다른 선배가 이런 말을 한 적이 있거든요.

은퇴하고 나니 인생이 정말 한 번뿐이라는 사실을 매일 매 순간 느끼게 된다고요. 미리 준비하지 못한 게 후회된다고 하더군요. 내일 퇴임하는 선배는 이 사실을 조금이라도 일찍 깨달았으면 해서요. 욜로라는 개념이 젊은 층 사이에서 불확실한 미래에 항변하기 위해 만들어진 새로운 라이프스타일인데, 사실 은퇴자의 삶도 마찬가지거든요. 불투명한 미래로 다시 돌아가는 거니까. 게다가 나이까지 먹었으니 얼마나 불안하겠어요."

"와, 선배한테 굉장히 좋은 선물이 되겠네요. 퇴직 이후의 삶이 후회가 없었으면 하는 당신의 바람이 담겨 있으니까요."

"사실 후회가 없을 수는 없겠죠. 하지만 선배가 은퇴 이후의 삶에서만큼은 자신이 하고 싶은 것을 했으면 좋겠어요. 그것이 무엇이든 선배가 행복할 수 있는 것을요. 지금껏 가족이나 주변 사람들의 눈치 봐가며 기대에 부응하기 위해 살아왔으니 이젠 선배 자신을 위해 살았으면 해서요. 나도 은퇴가 몇 년 남지 않아서 남의 일 같지 않게 느껴져요."

그가 선배에게 가진 소망은 머지않은 미래에 펼쳐질 자신의 삶을 향한 새로운 기대와 맞닿아 있었다. "은퇴 이후의 삶만큼은 선배 자신을 위해 살았으면 좋겠다"는 그의 말은 선배를 향한 신심이었고, 자신을 위한 다짐이었다. 불투명한 미래로 다시 돌아가야 하는 인생의 숙명은 모두에게 뻗어 있고, 먼 훗날 마주할 나의 진심과 다짐을 상기시켰다. 그것이 먼 훗날이 될지 가까운 미래가 될지는 장담할 수 없겠지만.

마침내 프랑스에 왔음을 알리는 안내 표지판을 보자 독일에서의 히치하이킹이 마치 한 편의 영화처럼 느껴졌다. 현실은 이미 지나간 후였다. 가장 고된 경험을 줬지만 반대로 가장 값진 경험을 준 그곳에서 운명의 상대를 만날 수 있었던 건 오직 히치하이킹 덕분이었다. 내가 길 위에 있는 이유를 굳이 설명할 필요도, 질문에 답을 찾을 필요도 없었다.

인생은 한 번뿐이니 후회 없이 이 순간을 즐기며 살 것. 단, 선택에 따른 책임을 잊지 않을 것. 스와미와 나, 독일인 운전자가 주인공인 영화에서 던져진 메시지는 그 순간의 나를 표현하는 말이었다. 프랑스 국경 마을에 닿자마자 독일인 운전자와 헤어진 뒤 우리는 불확실한 여정 앞에 다시금 엄지손가락을 치켜세웠다.

STRABAG
TEAMS WORK

D

꼬레안은 나의 부모님이었습니다.

히치하이킹 여정은 무사히 막을 내렸다. 스와미의 누나, 샤나 집이 자리한 벨기에 서남부의 소도시 레 봉 빌레에 닿으면서 끝이 났다. 그녀의 여름휴가 일정에 맞춰 도착한 우리는 이곳에 얼마간 머무르며 여름휴가 계획에 동참하기로 했다. 샤나는 작년부터 해온 집 내부 공사를 가을이 오기 전 끝마칠 수 있기를 바랐다. 나는 그다지 샤나에게 도움이 될 만한 인부는 아니었지만 스와미는 달랐다. 벨기에와 호주에서 공사장 인부로 일한 그의 경력은 누나의 희망을 현실로 만들기에 충분했다.

지난 한 주 동안 우리는 페인트칠에 열을 올렸다. 하루 일과는 단순했다. 아침식사 후 페인트칠을 하고, 점심식사 후 다시 페인트칠을 하는 식이었다. 점심을 먹으며 기분 좋게 맥주 한두 잔 들이킬 때는 취기가 올라 페인트칠을 하다 말고 낮잠을 잔 적도 더러 있었다. '더러'가 아니라 매일 그랬던 것 같다. 맥주의 나라 벨기에니까.

일반 맥주인 줄 알고 마셨다가 도수가 무려 10퍼센트가 훌쩍 넘어 거의 소주에 가깝다는 사실을 인지한 적이 여러 번 있었다. 벨기에 사람인 스와미와 샤나는 멀쩡했는데 나는 그렇지 않았다. 한국 사람이라서 그런 게 아니라 그냥 나라서 그렇지 않았다. 스와미는 내가 페인트칠이 하기 싫어서 꼼수를 부리는 거라고 놀려댔고, 샤나는 곯아떨어진 내 모습을 사진으로 찍어 나를 알거나 본 적이 있는 그녀의 가족 구성원과 공유했다. 의도한 건 아니었지만 곯아떨어질 걸 알면서도 나는 맥주를 포기하지 않았다. 솔직히 말하자면 페인트칠에 열을 올린 '우리'는 '스와미와 샤나'였고, 나의 오후 일과에는 맥주와 그로 인한 낮잠이 빠지지 않았다. 페인트칠이 하기 싫어서가 아니라 맥주가 좋아서 그랬다. 맥주의 나라 벨기에니까.

샤나 집에 온 이후 하루 일과가 전부 집 안에서 이뤄지고 있었다. 집 밖을 나가더라도 차로 이동했고, 그래 봤자 샤나를 따라 장을 보기 위해 한두 번 마트에 다녀온 것이 전부였다. 벨기에 여행 소감을 지금 당장 말해야 한다면 '맥주 종류가 아주 다양하고 맛이 좋았다는 것' 말곤 없었다. 물론 샤나와 그녀의 남자친구 모히가 차려주는 벨기에 가정식에 대해서도 맛있게 먹은 만큼 할 말은 있었다. 집 안에서 대부분의 시간을 보내며 이들 가족의 일원이 되어 함께하는 생활은 일상도 여행지가 될 수 있다는 사실을 깨닫게 했다. 어차피 집 밖을 나가더라도 생활의 연장선에 지나지 않았다.

샤나의 휴가가 끝나고 난 뒤에도 나는 계속해서 그녀의 집에 머물렀다. 샤나와 모히가 직장에 간 사이, 샤나의 아들 라울이가 그의 아빠 집에서 지내는 동안 텅 빈 집에서 스와미의 생활을 지켜봤다. 우리는 샤나의 휴가 기간에 끝내지 못한 나머지 집수리 계획을 그녀의 부탁으로 실행에 옮기기도 하고, 샤나 집에 남아 있는 스와미의 옛 물건을 함께 정리하기도 하고, 스와미의 친구들이 놀러 오면 같이 점심을 만들어 먹기도 했다.

생활의 대부분은 여전히 집 밖을 벗어나지 않았다. 아니 벗어나지 못했다. 샤나와 모히가 출근하고 나면 집에는 스와미가 운전할 차량이 없었다. 샤나 집 근처에 버스정류장이 있긴 하지만 지금껏 버스가 서거나 지나가는 걸 본 적이 없고, 이들 가족에게 대중교통은 무용지물이나 다름없었다. 차로 10분이면 갈 수 있는 거리를 버스를 타면 돌고 돌고 돌고 또 돌아서 목적지에 데려다주는 데다 배차 시간이 길어 시간을 낭비하는 꼴이 된다는 게 그들의 생각이었다.

하루는 스와미에게 집 밖의 생활이 필요했다. 샤나 집에서 북쪽으로 15킬로미터 떨어진 니벨레스에 갈 일이 생겼다. 고모 집에 들러 주말에 사용할 자전거 상태를 점검하고, 노동청에 가서 실업수당 신청이 가능한지 확인해야 했으며, 치과 진료 예약도 잡혀 있었다. 또 아시안 푸드마켓에 가서 한국 음식 재료를 찾아봐야 하고, 스와미의 단골 식당에서 점심도 먹을 계획이었다. 첫 외식이었다.

샤나는 출근길에 우리를 니벨레스에 떨궈주겠다고 했지만 스와미는 히치하이킹을 시도해보고 싶다고 했다. 자신의 나라에서는 첫 시도였다. 좋은 생각이었다. 샤나도 아이디어를 보탰다. 주택가인 자신의 집 주변보다 우땅도로가 시작되는 꺄뜨흐 브하 교차점이 달리는 차를 세우기에 용이할 거라고 했다. 샤나는 출근길에 우리를 교차점에 떨궈주고 떠났다.

히치하이킹은 식은 죽 먹기였다. 우땅도로를 따라 서쪽으로 난 직진 차선이 니벨레스에 곧장 닿았고, 출근길 차량 대부분이 직진 차선 위를 달리고 있었다. 우리 앞에 어떤 차가 멈춰 선다 해도 차선과 방향은 같을 거였다. 얼마 안 가 한 차량이 엄지손가락을 들고 있는 우리를 알아채고 급히 브레이크를 밟았다. 조수석 창문이 열리자 행선지를 묻는 듯한 질문이 우리에게 던져졌고, 운전자인 중년 여성과 스와미 사이에서 그들만의 언어가 잠시 동안 이어졌다.

스와미가 번역해준 대화의 요지는 이랬다. 그녀의 최종 목적지는 북동쪽에 있는 어느 마을이었다. 우땅도로를 따라가다 5~6킬로미터 지점에서 우회전을 해야 했기에 니벨레스까지의 차선과 방향이 일치하지 않았다. 그녀는 시간적 여유가 있으니 우리를 니벨레스까지 데려다준 뒤 자신의 목적지로 향해도 된다고 제안했다. 하지만 스와미는 거절했다. 그들의 언어를 이해하고 대화 중에 끼어들 수 있었더라면 내 대답도 스와미와 같을 거였다. 스와미는 그녀만 좋다면 5~6킬로미터 지점까지 우땅도로를 같이 달리고 싶다고 제안했다. "트레비앙(좋아요)!"이라는 그녀의 대답이 끝나자마자 우리는 함께 조수석에 있는 짐을 뒷좌석으로 옮기고, 뒷좌석에 있는 짐을 트렁크로 옮겼다.

벨기에에 온지 3주가 지났고, 프랑스에서 보낸 시간까지 합치면 한 달이 넘었다. 스와미와 히치하이킹 여행을 하는 동안 이전 국가에서 불어를 할 줄 아는 운전자를 만난 적도 몇 번 있었다. 불어가 어느 정도 익숙해지긴 했지만 이해가 되는 건 아니었다. 불어로 대화하는 사람들 사이에 껴서 생활하는 것이 익숙해졌다면 익숙해졌겠지. 익숙해진 단어도 있었다. 대표적인 건 한국인을 뜻하는 '꼬레안Coréen(남성명사)' 혹은 '꼬레안느Coréenne(여성명사)'다. 새로운 사람들을 만날 때면 반드시 스와미의 입에서 이 단어가 흘러나왔다. 그들이 나를 보고 스와미에게 가장 먼저 궁금해하는 건 '어느 나라 사람이냐'는 것이었다. 대화 중에 '꼬레안느'가 나오면 내 얘기를 하고 있다고 이해하면 되었다.

일순간 룸미러로 나를 쳐다보던 운전자와 눈이 마주쳤다. 이내 운전자는 스와미에게 말을 걸었고, 예상대로 스와미 입에서 '꼬레안느'가 나왔다. 한데 운전자의 반응이 이전에 만났던 새로운 사람들과는 조금 달랐다. 룸미러로 다시 나와 눈이 마주친 그녀는 무언가에 감격한 것 같았다. 불어로만 말하던 그녀가 스와미를 거치고 싶지 않았는지 서툰 영어로 내게 말을 걸기 시작했다.

"한국 어디에서 왔어요?"

"서울에서요."

"서울 사람이에요?"

"네, 서울에서 태어났어요."

"나도 서울에서 태어났어요."

그녀가 무언가에 감격한 이유는 반가운 마음의 표현이었다. 처음 그녀를 봤을 때 말이나 행동은 벨기에 사람처럼 보였지만 외모는 나와 별반 다르지 않은 아시아인의 모습을 띠고 있었기에 그녀가 이민자거나 이민자의 후손일 거라 생각했다.

"태어난 이후 처음으로 서울에 갔었어요. 몇 해 전에. 너무 좋았어요. 서울은 정말 멋진 도시예요. 그곳에서 태어났다는 사실이 자랑스럽게 느껴졌어요. 서울에 가길 잘했다는 생각이 들었어요. 가기 전까지 고민이 많았거든요."

그녀는 다시 자신의 언어로 돌아가 나와 스와미를 번갈아 보며 서울에 대한 생각을 후다닥 뱉었다. 또 급히 입을 떼고 말을 이었다. 우리에게 허락된 시간이 고작 5~6킬로미터에 지나지 않는다는 것이, 게다가 절반은 이미 사라지고 없다는 것이 그녀의 다급한 말투에서 느껴지고 있었다.

"나는 한국 입양아예요. 어릴 때 벨기에로 입양되어 양부모 밑에서 자랐어요. 서울에 간 건 친부모를 찾고 만나기 위해서였어요. 성인이 되고 난 뒤부터 친부모를 만나고 싶은 생각이 들었거든요. 내가 태어난 도시와 나라에도 가보고 싶었고요. 한데 용기가 나지 않았어요. 서울에 가기까지 수십 년을 흘려보냈네요."

"친부모는 찾았어요?"

그녀만큼이나 나도 마음이 급했다. 뇌를 거쳐 생각을 지나 질문을 뽑고 다듬을 시간이 내겐 없었다. 그나마 다행인 건 그녀와 나 사이에서 통역사 스와미의 역할이 십분 발휘되고 있었다는 점이다.

"입양 기관을 찾아갔더니 내 입양 관련 서류가 남아 있는 거예요. 그 서류를 토대로 친부모를 찾을 수 있겠다고 생각했거든요. 한데 쉽진 않았어요. 서류만 있다고 찾을 수 있는 것도 아니고, 한 번에 될 수 있는 것도 아니었고요. 입양 기관 담당자로부터 시간이 필요할 것 같다는 말을 듣고는 곧장 서울을 떠났어요. 어렵사리 휴가를 내서 이 나라에 왔는데 무턱대고 기다릴 수만은 없었어요. 친부모를 찾지 못한다면 그들의 나라라도 눈으로 담아내고 싶었어요. 부산에도 가고 그 주변 소도시에도 가고 남쪽 섬에도 갔어요. 여행하는 동안 만난 모든 한국 사람들이 정말 친절하게 대해줘서 감동을 받았어요. 특히 몇몇 어르신은 내 사정을 알고 나선 엄마처럼 나를 따뜻하게 안아주기도 했어요. 그곳에서 만난 꼬레안은 모두 나의 어머니 아버지였어요."

그녀는 아직까지 입양 기관으로부터 새로운 소식을 받지 못했고, 그녀 또한 새로이 연락을 취하지 않았다고 했다.

"시간이 꽤 지났지만 그 느낌만큼은 생생히 기억해요. 여행 중에 나를 안아준 한 어르신의 품처럼 나의 친부모도 따뜻한 사람일 거란 생각을 했어요. 어쩌면 실상은 내 생각과 다를 수도 있겠지만 나는 그렇게 믿으려고요. 믿고 살아가려고요."

길고 깊은 고민 끝에 자신의 뿌리를 찾으러 간 그녀는 낯선 부모의 나라에서 스스로 뿌리를 찾아냈다. 중년의 나이가 되어서까지 단 한 번도 느껴보지 못했던 꼬레안의 온기를 마침내 품게 된 그녀는 그제야 자신에게도 내재되어 있던 그것의 온기를 마주볼 수 있었다. 서로가 서로에게 진심을 나누는 행위는 찰나의 시간에 완성된다. 나와 그녀의 대화가 그랬고, 그녀와 그녀의 어머니를 대신한 어르신의 품이 그랬다. 그녀가 찾은 뿌리에 대한 믿음, 그녀가 느낀 온기가 오래도록 변치 않기를.

니벨레스까지 데려다주겠다는 그녀의 말을 재차 뿌리치면서 스와미와 나는 다시 길 위에 섰다. 그녀처럼 우리를 니벨레스까지 혹은 그 방향으로 실어다줄 새로운 운전자가 또 나타날 것이었다. 나는 그렇게 믿고 있었다.

선생님, 자전거 타는 게 가장 쉬웠어요.

자전거 여행자의 말

이건 순전히 내 이야기다. 몇 해 전 터키를 여행할 때였다. 버스나 기차를 타고 도시와 도시를 이동하는 여정에 어느 순간 싫증이 났다. 더 이상 설렘도 기대도 느껴지지 않았다. 정해진 경로 대신 색다른 이동방법이 필요했다. 오로지 내 힘만으로 버스나 기차가 닿을 수 없는 외진 시골 마을로 떠나고 싶었다. 특히 길 위에서 '사람'을 만나고 싶었다.

그래서 떠났다. 생애 처음으로 자전거 여행자가 되어보기로 했다. 서울에서 부산까지, 부산에서 동해를 거쳐 서울로 돌아오는 2주간의 여정을 계획했다. 결과적으로 두 바퀴에 의지한 시간들은 내게 여행에 대한 설렘을 가져다주었고, 삶에 대한 기대를 선물해주었다.

여행을 마치고 돌아온 뒤 헤이리에 계신 이안수 선생님으로부터 한 통의 메시지를 받았다.

"추 기자의 이번 자전거 여행이 어땠을지 그 숨은 이야기가 너무 궁금해요. 추 기자가 올린 사진에서 다양한 감정이 느껴지는 것 같았거든."

서울에서부터 600킬로미터를 달려 부산에 도착한 날, 벅찬 마음을 SNS에 표현했는데 선생님께서 그걸 보신 모양이었다. 선생님은 자전거 여행을 떠나기 전에도 마친 후에도, 나의 여정과 경험, 기록과 추억에 커다란 관심을 표명한 몇 안 되는 사람 중 하나였다.

10년이 훌쩍 넘었다. 2007년 취재원과 취재기자라는 신분으로 모티프원 주인장과 잡지사 막내기자가 만났다. 파주 헤이리 예술마을에 창작레지던스를 겸한 게스트하우스 모티프원이 막 문을 열었을 때였다. 이안수 선생님은 40대 중반이란 뒤늦은 나이에 미국 유학길에 올랐고, 학업과 여행을 마친 뒤 귀국해 또 다른 여행을 계획했다. 모티프원의 시작이었다. 한국을 찾는 전 세계 여행자들을 위해 공간을 마련하고 그들의 세계를 직접 들여다보기로 한 것이다.

나는 여행자를 품는 선생님의 다양하고 따뜻한 시선을 좋아한다. 이따금씩 선생님으로부터 "더 늦기 전에 시집가야지"라는 예상치 못한 현실적인 조언을 듣기도 하지만 그것조차 내겐 꼰대스럽게 느껴지진 않는다. 비록 연령도 성별도 다르지만 오랜 시간 선생님과 나 사이에 공유되어온 '여행의 정신'이 있기 때문이다.

"추 기자, 숨은 이야기를 좀 들려줘요. 2주 동안이나 자전거를 탔는데 엉덩이가 얼마나 아팠을까? 그 안에 얼마나 많은 이야기가 있었을까?"

매일경제 〈시티라이프〉에 쓴 자전거 여행 기사를 보내드렸지만 기사를 읽은 선생님은 그다지 성에 차지 않는 것 같았다. 한정된 페이지와 매체가 갖는 성격, 글을 읽는 독자층 등을 고려하다 보면 아무래도 이야기나 구성에 제한이 있을 수 있다. 선생님은 이 점을 알아채고 '숨은 이야기'를 강조한 것 같았다.

"내가 운영하고 있는 글로벌 인생학교에서 추 기자의 이야기를 다뤄볼까 해요. 자전거 여행을 통해 느꼈던 것들을 진솔하게 이야기해줘요. 에피소드나 자전거 여행에 대한 조언, 배운 점 등등 뭐든 다 좋아요. 뜻깊은 수업이 될 거야. 사람들이 아주 좋아할 거야."

선생님의 청을 받고 나서 한참을 생각했다. 특별히 밝힐 만한 숨은 이야기는 없지만 하고 싶은 이야기는 있었다. 무엇보다 선생님과 공유하고 싶은 이야기가 있었다. 긴 편지를 써 내려가기 시작했다.

~·~·~·~·~·~

자전거 여행 준비

선생님, 가장 힘들었던 순간이 언제인 줄 아세요? 자전거 탈 때가 아니었어요. 엉덩이가 아픈 것도 시작하고 며칠뿐이었어요. 신기하게도 시간이 지날수록 엉덩이가 안장에 적응을 하는 거예요. 인체는 정말 신비로워요. 그럼 언제가 힘들었냐고요? 자전거 여행을 준비하는 보름여 기간, 그러니까 준비 과정에 있었어요. 저는 자전거에 대해 전혀 몰랐어요. 어떤 브랜드가 있고, 어떤 종류가 있고, 어떤 구조로 되어 있는지 등등 아는 정보가 하나도 없었어요. 그저 페달을 밟고 앞으로 나아갈 줄만 알았죠. 막상 여행을 계획하고 자전거를 구입하려고 보니 많아도 너무 많은 정보에 놀랄 수밖에 없었어요. 인터넷으로는 한계가 있어 자전거 숍에 찾아가 상담을 받기도 했는데, 숍마다 권유하는 자전거 종류가 다 달랐어요. 아이러니하죠. 어떤 숍에서는 MTB 바이크를 사야 한다고 했고, 어떤 숍에서는 여행용 자전거를 구입해야 한다고 했어요. 자전거뿐만이 아니었어요. 전조등과 후미등에서부터 헬멧, 스마트폰 거치대, 패니어 가방, 텐트 등등 수많은 정보 속에서 나에게 맞는 하나의 아이템을 찾아야 했어요. 게다가 자전거를 좀 안다는 주변 지인들에게 추천을 부탁하면 대부분 겉모습을 치장하는 아이템만 나열하는 분위기였어요. 이를테면 자전거 전문 의류를 입어야 한다거나 자전거용 신발도 신어야 한다는 등의 주장이었죠. 한 일주일을 정보 속에 노출되어 있다가 어느 순간 포기하게 되더군요. "아, 다 됐고! 그냥 내 맘대로 내가 필요한 것만 구입해서 떠날래"라고 나 자신에게 선언했죠.

선생님, 저는 자전거에 큰돈을 투자하고 싶지 않았어요. 첫 여행이었으니까요. 이 여행이 처음이자 마지막이 될 수도 있는 거니까요. 큰돈 투자했는데 다시는 자전거를 쳐다보기 싫은 상황이 올 수도 있잖아요. 다만 '여행을 하는 데 불편함 없이 최소한의 살림을 꾸리자'는 생각이었어요. 그렇게 제가 할 수 있는 최선의 방법을 찾았어요. 저는 중고로 40만 원이 조금 안 되는 돈을 지불하고 자전거와 패니어 가방을 구입했어요. 나머지 자전거 액세서리도 최소한의 예산으로 구입을 마쳤어요. 제 인생에서 처음으로 구입한 자전거였고, 모든 것이 처음이었어요. 제가 40만 원짜리를 구입했든 100만 원짜리를 구입했든 저에겐 가격보다 '처음'이라는 단어가 더 소중해요. 자전거 여행하면서 만났던 많은 자전거 여행자들이 제 장비에 관심을 나타냈는데, 대부분 "이왕 구입하는 거 좀 더 좋은 걸로 사지 그랬냐?"는 참견이 많았어요. 그야말로 참견이었어요. 잘 알지도 못하면서 내뱉는 참견이었죠. 여행 전에도 그랬고 여행을 마치고 난 지금도 똑같아요. 장비는 둘째 문제예요. '어떤 목적과 계획으로 여행을 하려고 하는가?'에 대한 명확한 답이 있느냐 없느냐가 중요해요.

타인의 편견

재미있는 일화 하나 들려드릴게요. 여행 첫날 서울 신도림에서부터 페달을 밟기 시작했어요. 한강을 배경으로 여의도, 반포, 잠실을 차례로 지나쳤죠. 평일 오전 시간이었고 자전거도로는 한산했어요. 그래서 제가 더 눈에 띄었나 봐요. 한강에서 자전거 뒷바퀴 양쪽에 패니어 가방을 싣고 자전거 전문 복장이 아닌 일상에서 입는 평범한 복장을 하고 있는 제 모습에 자전거를 탄 사람들도 지나가는 행인들도 많이들 쳐다봤어요. 말을 걸어오는 이들도 많았어요. 나이가 지긋한

1-11
하남시
서울특별시
TREK
GIANT

중년 남성들이 대부분이었어요. 첫 자전거 여행에다 첫날이었으니, 또 제 모습이 그다지 프로 같아 보이지 않아서였는지, 말을 걸어오는 사람들은 하나같이 이것저것 가르치려고 들더군요. 부산까지 갈 계획이라는 제 말에 "아가씨가 뭘 잘 몰라서 하는 소리 같은데 부산까지 가는 게 어디 쉬운 일인 줄 아느냐"와 같은 반응이었어요. 그런데 막상 그들에게 부산까지 자전거 여행을 해본 적 있냐고 물으면 모두가 경험이 없었어요. 경험이 없는 상태에서 그야말로 아는 척만 한 거였어요. 그런데 저는 도통 이해가 되지 않았어요. 인생 선배라면 무조건 '안 된다, 불가능하다, 어렵다' 같은 부정적인 시각을 전해주기보다 '어떻게 해야 하는지, 어떻게 하면 좋은지' 방법을 알려줘야 하는 것 아니에요? 선생님이라면 어떻게 하셨을지 궁금해지네요.

일화는 여기서 끝나지 않아요. 사람들의 시각이 참 모순이었어요. 여행 시작하고 사나흘 지나서 경상도로 넘어간 뒤부터는 타인의 편견이 자연스레 달라져 있었어요. 길에서 만나는 대부분의 사람들이 저한테 절대 이래라저래라 말을 못 하는 거예요. 왜냐고요? 제가 서울에서부터 자전거를 타고 온 경험이 쌓였잖아요. 어쨌든 계획을 실천해가고 있었잖아요. 그러니 감 놔라 배 놔라 할 수 없었던 거예요.

경상도로 넘어간 후 “서울에서 여기까지 왔다니……. 대단하네”와 같은 반응이 주를 이뤘어요. 이후에도 같았어요. 부산에서 동해안으로 넘어가 자전거 여행을 계속할 때에도 이미 열흘 넘게 자전거를 탄 경험이 쌓였고, 여전히 길 위에서 페달을 밟고 있어서였는지 타인의 시선에서 어느 정도 자유로웠어요. 자전거 여행에 대한 자신감이 붙어서 사람들을 상대하는 게 한결 수월해진 측면도 있었고요.

선생님, 이번에는 한 가지 흥미로운 타인의 시선을 소개할게요. 사람들이 저를 보자마자 먼저 던진 질문은 대개 ‘나이’에 관한 거였어요. 왜 나이가 궁금하냐고 물어보면 다들 이런 대답이었어요. “학생 같아 보이지는 않고 학교는 졸업했을 것 같은데” “학생인데 내가 제대로 못 본 걸 수도 있고” “학생이 아니라면 이런 여행은 못 하지”라고요. 서른여섯이라는 제 나이를 밝히고 나면 모두가 똑같은 말을 했어요. “아니, 그 나이에 이런 여행을 할 수 있나요?” “어쩌다가 그 나이에 혼자서 이런 여행을 하게 됐나요?”와 같은 질문이 이어졌어요.

편견이죠. 어린 학생들만 이런 여행을 할 수 있을 것이라는 편견 말이에요. 누군가는 저를 철없는 어른으로 봤을 수도 있어요. ‘나이 들어 뭐 하는 짓인가’ 싶은 따가운 눈초리도 느꼈고요. 여행의 기준이 나이가 된다면 과연 여행이 여행으로 작용할 수 있을까요? 그것만큼 슬픈 기준이 또 있을까요? 저에게 여행은 새로운 '경험'이자 또 다른 '세계'예요. 저를 철없는 인간으로 본 사람들은 여행의 정의가 저와 분명 달랐을 거예요.

선생님, 저는 나이 오십이 되고 칠십이 되어도 기준을 두지 않고 떠날 거예요. 새로운 경험을 하고 또 다른 세계를 쉼 없이 만날 거예요. 타인의 편견을 직접 마주하고 겪으면서 내가 가야 할 방향이 더욱 굳건해지고 확실해졌어요. 결과적으론 생산적인 만남이었어요.

길 위에서 잠자기

온종일 자전거를 타고 하루에도 여러 번 언덕을 넘어야 했던 일은 비록 몸은 고됐지만 그리 어렵진 않았어요. 고민을 하게 만들지도 않았고요. 한데 잠자리 문제만큼은 단 한 번도 쉽게 넘어간 적이 없었어요. '텐트에서 자는 것'이 제가 스스로 만든 자전거 여행의 룰이었어요. 독립적인 여행을 꿈꿨고 그것이 이번 여행의 목적이었으니 잠자리도 내가 직접 마련해야 한다고 생각했어요. 텐트와 매트, 침낭을 짐 목록에 추가했죠. 과거 여러 번 캠핑 여행을 떠났지만 가만히 생각해보니 혼자는 처음이었어요. 혼자 텐트를 치는 것도 자는

것도, 모든 게 처음이었어요.

여행 첫날 경기도 양평 시내에 닿자마자 허기진 배를 걱정하기보단 '텐트를 어디에 쳐야 할까'를 먼저 고민했어요. 그래 봤자 아직 날도 저물지 않은 오후 6시 무렵이었는데, 그때부터 온갖 걱정과 고민이 시작되었던 거예요. 이런 여행을 계획하니까 남들은 제가 경험도 많고 두려움도 없는 강인한 인간인 줄 알아요. 사실 아니에요. 저도 똑같아요. 해보지 않은 새로운 것에 대한 두려움과 염려, 불안감이 컸죠.

텐트에서 자는 것을 규칙으로 삼으면서 하나 더 정한 게 있었어요. 안전을 생각해야 했기에 인적 없는 공원이나 길 위가 아닌 집이나 건물 마당에 주인의 허락을 받고 텐트를 치자는 생각이었어요. 첫날 2~3시간 동안 양평 시내를 수차례 돌면서 집주인들로부터 다섯 번 거절을 당했을 때, 두려움과 염려, 불안감이 더 커졌어요. '첫날부터 이런데 과연 텐트에서 자기로 한 나의 계획이 부산까지 잘 수행될 수 있을까' 하는 걱정이 들었죠. 결과적으로는 매일 밤 텐트에서 잠을 자긴 했지만 또 매일같이 고민해야 했어요. 오후 5시만 되면 으레 걱정이 밀려왔죠. '아, 오늘은 어디에 텐트를 쳐야 하나?' 그래서 텐트를 칠 수 있는 장소가 마련되었을 때 매일같이 뛸 듯이 기뻤어요. 계획을 달성했다는 기쁨과 또 하나의 경험이 쌓여간다는 감사함, 내일도 텐트를 칠 수 있을 거란 가능성이 한데 뒤섞여 있었어요.

온전한 자유

선생님, 생 초보 자전거 여행자가 자전거를 택한 이유는 한 가지였어요. 선생님도 알고 계실 거예요. '내가 가고 싶은 곳을 온전히 내 힘으로 가고 싶다'는 생각에서 제 여행이 출발했다는 사실을요. 이전 여행에서 히치하이킹을 시도한 적도 있었지만 자전거 여행이야말로 '온전한 자유'가 있었어요. 차원이 달랐어요. 저는 아직 운전면허증이 없어요. 물론 운전 경험도 없고 자동차를 소유해본 적도 없고요. 나만의 교통수단을 가져본 적이 없다 보니 이번 자전거 여행이 더 특별하게 다가온 것 같아요. '내가 원하는 대로, 내가 바라는 대로 다 이뤄질 수 있겠구나' 싶은 희망적인 여행이라는 생각이 들었어요.

선생님, 페달을 밟고 자연을 직접 마주한 순간은 말로는 표현하기가 힘들어요. 모든 순간이 다 좋았지만 그중에서 굳이 하나를 꼽자면 부산으로 향하던 길목에 펼쳐진 낙동강의 풍경이에요. 아직도 잊혀지지 않아요. 조금 거창한 표현일 수 있지만 안개로 자욱한 강 풍경을 마주하면서 '희망'이 보였어요. 그리고 '행복'했어요. '살아가는 행위가 희망적이고 행복할 수 있겠다'는 생각이 들었어요.

여행 떠나기 전에 제 주변 사람들이 그랬어요. "여행 끝나고 나면 자전거 버리고 싶은 생각이 들 것"이라고요. 이런 말도 했어요. "여행 도중 자전거 버리고 그냥 버스나 기차 타고 서울로 돌아오고 싶을 것"이라고요. 저는 반대예요. 오히려 제 자전거에 더 애착이 생겼어요. 언제가 될지는 모르겠지만 또다시 자전거 여행을 떠날 거예요. 선생님, 자전거를 타고 맛보는 자유는 온전히 내 것이 돼요.

누군가에게 궁금증을 불러일으키는 존재가 된다는 것

길 위에서 정말 많은 사람을 만났어요. 그들에게서 많은 도움도 받았어요. 처음 본 제게 밥을 대접해준 사람들도 있었고, 손수 나서서 자전거 정비까지 도맡아 해준 사람도 있었어요. 게다가 먼저 나서서 텐트를 칠 만한 장소까지 알아봐주는 사람들도 있었어요. 그들을 보면서 '왜 이렇게까지 내게 잘해줄까?' 하는 궁금증이 일었어요.

선생님, 일화 하나 들려드릴게요. 강릉 시골 마을에서 하룻밤 머물렀을 때의 일이에요. 중년 부부인 시골 마을 주인은 카우치 서핑에서 찾았어요. 이들 부부가 카우치 서핑을 하는 목적은 확고했어요. 외국인과의 만남과 그로 인한 영어 공부나 문화 교류가 주된 이유였어요. 그러니까 그들의 대상에서는 애초 한국인이 제외되어 있었어요. 집 문을 열어줄 이유가 없었던 거예요. 중년 부부는 2013년부터 카우치 서핑을 해왔지만 단 한 번도 한국인을 재워준 적이나 만난 적이 없다고 했어요.

그들에게 물었어요. "왜 나를, 한국인인 나를 게스트로 받아들였느냐"고요. "효정 씨의 삶이 궁금했다"고 하더군요. 왜 자전거 여행을 시작했고, 어떻게 자전거 여행을 하고 있는지 호기심이 들었대요. 제 이야기가 듣고 싶어 단박에 승낙 메시지를 보냈다고 해요.

선생님, 강릉에서뿐만이 아니었어요. 길에서 만나는 대부분의 사람들이 제 삶에, 제 이야기에 관심을 가졌어요. 그들은 궁금증을 불러일으킨다고 했어요. 호기심을 자극한다고도 했죠. '왜 여자, 혼자, 자전거를 탈까?' 그 호기심 어린 질문에 답을 듣고 싶어 한 사람들이 많았어요. 그것이 만남이 되고 도움의 손길이 되고 인연이 되었어요. 그저 내 목적을 달성하려고 자전거를 타고 있었던 것뿐인데, 이 행위가 누군가에게 궁금증을 불러일으키게 된 거예요. 나도 모르는 사이 나만의 이야기가 생겨나고 있었던 거예요. 그 이야기에 관심을 나타내는 사람들을 만날 수 있었다는 것 자체가 행운이었고 황홀했어요.

모든 것, 전부 다 처음

과거 국내로 해외로 여행을 많이 다녔지만 이번 자전거 여행은 여러모로 모든 게 다 처음이었어요. 하루 동안 20킬로미터 이상 자전거를 타본 적이 없었고, 혼자서 텐트를 쳐본 것도 처음, 게다가 숲속이 아닌 집 마당에 텐트를 치고 잔 것도 처음, 자전거로 오르막을 올라가본 것도 처음, 오르막 올라간 뒤에 눈물을 흘려본 것도 처음, 자전거 장비를 구입한 것도 처음, 하루 100킬로미터나 130킬로미터를 달려본 것도 처음, 낙동강을 가까이에서 마주한 것도 처음, 비를 맞으며 자전거를 타본 것도 처음, 타이어에 공기 주입을 스스로 해본 것도 처음……. 선생님, 모든 것이 전부 다 처음이었어요. 처음이라 두려웠지만 처음이기에 느껴지는 감동은 상상을 초월했어요.

길에서 만난 인연들

정말 신기했어요. 꼭 누군가 나를 위해 옆에서 계획하고 조종한 것처럼 길 위에서 쉼 없이 인연이 나타났어요. 선생님,

저는 혼자가 아니었어요. 선생님한테 소개해주고 싶은 사람들이 너무나 많지만 그중 가장 인상 깊었던 인연을 소개할까 해요.

앞서 자전거 장비에 대해 언급하긴 했는데, 사실 이 부분이 제일 이해가 안 되었어요. 궁금했어요. 자전거 도로에서 만나는 대부분의 사람들이 제 눈엔 자전거 선수 같아 보였거든요. 출근할 때 정장 빼입듯이 머리부터 발끝까지, 심지어 자전거 신발까지 착용할 정도로 전문 장비를 갖춘 사람이 대다수였어요. 한데 선생님, 그거 아세요? 자전거 전문 장비가 엄청 비싸요. 가격이 천차만별이긴 하지만 어쨌든 머리부터 발끝까지 쫙 빼입으려면 가격이 만만치 않을 거예요.

이틀째 되는 날이었을 거예요. 자전거 마니아를 자처하는 중년 남성 세 명을 만나 같이 점심을 함께했어요. 이들의 복장도 자전거 선수 못지않았어요. 서울에서 출발한 이들의 행선지는 청주였어요. 당일치기 자전거 여행이었죠. 식사를 하는 동안 '궁금증을 어떻게 해소할까' 생각하고 있었는데, 먼저 말을 꺼낸 건 중년 남성 쪽이었어요.

"그런 바지 입고 자전거 타면 엉덩이 안 아파요?"

이들도 제 복장에 대해 궁금했나 봐요. 이번에는 제 차례였어요.

“그런 패드가 있는 전문 복장을 입으면 엉덩이가 안 아파요? 자전거 타기가 더 수월한가요?”

옷은 물론 신발, 장갑, 모자, 양말, 선글라스 등등 제 입에서 궁금한 것들이 한꺼번에 튀어나왔어요. 속이 다 시원했어요. 한데 그들의 대답을 듣고 나니 속이 시원하다 못해 한 대 얻어맞은 기분이 들었어요.

셋 중 제일 큰 형님이 말을 시작했어요.

“우리 같은 사람은 시간이 없어요. 평일에는 일하느라 자전거 못 타지. 주말에는 처자식 눈치 봐가며 자전거 타야 해서 멀리도 못 가. 오늘 같이 힘들게 월차 내서 당일치기로 라이딩 좀 즐기려면 전문 복장이 아니면 시간 낭비로 끝나요. 장비 사들인다고 돈 많이 썼지. 근데 이게 나한텐 무기와도 같아요. 짧은 시간에 최대의 효과를 누려야 하니까. 시간이 없다면 장비라도 있어야지. 사는 것도 너무 바쁘고 빡센데, 여유를 갖겠다고 시작한 취미도 바쁘고 빡세긴 매한가지예요.”

선생님, 우리는 왜 이렇게 바쁘게 살아야 할까요?

미국인 여행자들도 만났어요. 한국의 자전거 도로가 잘 닦여 있다는 정보를 입수하고 미국 시카고에서 직접 자신들의 자전거를 들고 휴가 차 온 세 명의 미국인을요. 충주에서 처음 만났을 때 점심을 함께 먹었어요. 식사를 마치고도 한참을 한국의 라이딩 문화에 대해 이야기를 나눴는데 글쎄, 이들 중 한 명이 조심스레 묻는 거예요. "한국에선 자전거 장비 가격이 저렴한 편이냐"는 질문이었어요.

그의 말인즉슨, 자전거 도로에서 만나는 대다수가 전문 선수 복장을 갖추고 있어 놀라웠고 그 가격이 궁금해졌다는 얘기였어요. 역시 국적과 상관없이 보고 느끼는 건 다 똑같은가 봐요. 앞서 만난 중년 라이더의 답을 빌려 그들에게 설명해줬죠. 장비가 고가임에도 불구하고 한국인들이 전문 선수가 될 수밖에 없는 이유에 대해서 말이에요.

선생님, 시골의 후한 인심도 느낄 수 있었어요. 한번은 제게 호객행위를 하려고 모텔 사장이 다가왔다가 결과적으론 목 좋은 야영장을 소개받은 적이 있어요. 텐트에서 자겠다는 제 고집에 모텔 사장이 자신의 직분도 잊은 채 마을에서 가장 안전한 야영장을 소개해주는 아이러니한 상황이 연출되었죠.

지나치는 마을 주민들은 빈 물통을 채워주느라 분주했고요. 속초에서 비 오는 저녁 한 시간 넘게 비를 맞으며 텐트 칠 곳을 찾아다니고 있을 때 불현듯 나타나 장소를 안내해주던 인연도 있었고요. 속초에서 우연히 만났던 할머니는 저를 집으로 초대해주기까지 했어요. 하룻밤 신세를 지면서 할머니를 통해 노년의 삶을 깊숙이 들여다볼 기회를 가질 수 있었어요. 자전거 여행은 그야말로 '사람'으로 채워졌어요.

'일상 밖'을 살아간 여행

제가 아직은 초보 자전거 여행자라서 노하우를 논할 입장은 아니에요. 다만 자전거 여행을 힘들고 어렵게만 생각하는 분들에게 한 가지 일화를 들려주고 싶어요. 속초에 있을 때였어요. 자전거 여행을 시작한 지 열흘이 넘었고, 하루에도 수십 번 길에서 사람을 만날 때면 "아가씨 참 대단하네. 아주 대단한 용기를 냈네" 같은 이야기를 들었어요. 감사한 말이죠. 저는 그다지 큰 용기를 냈다거나 대단한 일을 하고 있다고 생각하지 않는데 이런 응원의 말을 해주시니 말이에요.

하루는 속초에서 점심을 먹으러 식당에 갔어요. 순두부찌개를 주문하고 식사가 나왔는데, 순두부찌개는 물론 갖가지 밑반찬이 어느 것 하나 허투루 만든 게 없었어요. 테이블 몇 개 되지 않는 조그마한 식당이었는데 음식만큼은 엄지손가락 백 개를 치켜세워도 모자랄 정도였어요. 밥을 먹고 있는데 식당 주인아주머니가 다가와 제 여행에 호기심을 나타냈어요. 다른 사람들처럼 아주머니도 제게 "대단하다, 멋지다"

와 같은 말을 늘어놓으셨어요. 그런데 저는 아주머니가 오히려 대단하고 멋져 보였어요. 어느 것 하나 허투루 만들지 않은, 정성스럽게 차린 밥상을 매일같이 손님에게 내놓는다는 것이 얼마나 대단하고 멋진 일인가요?

감사 인사는 제 몫이었어요. 아주머니에게 맛있는 음식을 차려주셔서 감사하다고, 정성스럽게 일상을 살아가는 아주머니가 대단하고 멋있다고 말했어요. 아주머니는 반찬 하나 남기지 않고 모조리 해치운 밥상을 정리하면서 제게 고맙다고 하셨어요. 당신의 일상을 알아주어 고맙다고요.

저는 여행자고 페달을 밟는 동안 '일상 밖'에 있었어요. 일상을 더 잘 살기 위해 잠시 일상에서 벗어나 일상 밖으로 나온 상태였어요. 일상 밖에 있으면서 '힘들다' '어렵다' 불평할 수 없는 거잖아요. '즐겁다' '행복하다' 말하기도 짧은 시간이었으니까요.

공짜 내리막은 단 한 번도 없었어요

자전거 여행을 통해 얻은 가장 큰 깨달음은 '공짜 내리막이 없다'는 사실이었어요. 영덕에서 삼척을 지나 정동진까지 끊임없이 오르막과 내리막이 나타나는 상황에서 저도 모르게 연거푸 욕이 튀어나왔어요. 수차례에 걸쳐 오르락내리락 반

복한 뒤에 깨달은 진리 하나, 절대 공짜 내리막은 없다는 사실이었죠. 힘겹게 씩씩거리며 올라가야 그만큼의 내리막이 커다란 축복처럼 저를 기다리고 있었어요. 선생님, 오르막을 오르면 반드시 내리막이 나타났어요.

인생도 이와 마찬가지라고 생각해요. 값진 결과를 얻으려면 묵묵히 오르막을 올라야 해요. 세상에 절대 공짜는 없는 법이잖아요. 힘겹게 오르막을 오르고 있을 때 반대편 도로에서 쌩쌩 내리막을 달리는 여행자들을 보면 저도 모르게 '아~ 좋겠다' 부러움이 터져 나왔어요. 그러다 생각을 고쳐먹었죠. 저들도 힘겹게 올랐기에 꿀맛 같은 내리막을 경험하고 있을 거라고 말이에요.

선생님, 무조건적인 부러움은 어리석어요.

나만 힘든 게 아니었어요

부산으로 향하는 마지막 날, 미국인 여행자 셋(메리, 로라, 아담)과 함께 페달을 밟았어요. 전날 야영을 함께 하고 새벽 5시에 일어나서 짐 정리를 마치고 6시 30분쯤 라이딩을 시작했죠. 130킬로미터를 달려서 부산에 도착하는 것이 우리의 목표였어요.

미국인 여행자들은 자전거 여행 경험이 있었고 저보다 훨씬 자전거도 잘 탔어요. 저는 평균속도가 20킬로미터가 채 되지 않았는데, 그들은 25킬로미터 정도 됐어요. 그들과 함께하는 하루가 저에겐 또 하나의 새로운 도전이었던 거예요. 그들의 속도를 따라잡아야 하는데 만만치가 않았어요. 그래도 오기가 생겼어요. 지고 싶지 않았어요. 부산까지 가겠다는 계획을 포기하고 싶지도 않았고요.

그날 오후가 되자 체력도 떨어지고 저는 여유랄 게 없는 거예요. '아, 나만 힘들구나. 나만 지쳤구나' 싶은 생각이 저를 에워쌌어요. 한데 부산까지 30킬로미터 정도를 남겨둔 지점에서 갑자기 메리가 "더는 못 가겠다"고 말하며 눈물을 보이는 거예요. 메리의 갑작스러운 행동에 저는 너무나 놀랄 수밖에 없었어요.

선생님, 저만 힘든 줄 알았거든요. 저만 지친 줄 알았거든요. 그런데 메리도, 로라도, 아담도 모두가 힘들고 지친 상태였어요. 메리는 우리 앞에서 눈물을 보이기 싫다면서 저만치 떨어진 벤치 의자에 앉아 마음을 다스리고 있었어요. 그때 로라와 이야기를 나눴어요.

"로라, 너도 메리처럼 힘들어?"

"그럼, 힘들지. 그녀의 행동이 이해가 돼. 그래도 오늘 계획한 부산까지의 여정을 끝냈으면 좋겠어. 메리가 더 힘을 내야 할 텐데……."

"너희들도 힘들 거란 걸 전혀 생각하지 못했어. 오늘 하루 종일 너희들을 따라잡느라 나만 힘든 줄 알았는데 말이야. 나만 지친 줄 알았거든."

"그래, 너에게도 분명 고된 하루일 거야. 개개인마다 깊이는 다를 수 있지만 네게 힘든 일은 마찬가지로 내게도 힘든 일이라고 생각해."

선생님, 로라의 말을 듣고 멍한 기분이 들었어요. 나만 힘든 게 아니었어요. 나만의 힘듦에 깊이 빠진 채 아무것도 눈에 담아내지 못하고 있던 나 자신이 비로소 깨어나는 순간이었어요. 그 상황에서 제게 이보다 더 아름다운 위로의 말은 없었어요. 경험이 있다고 해서 쉽게 할 수 있는 것도 아니었고, 경험이 없다고 해서 어렵기만 한 것도 아니었어요. 잘하는 사람도 못하는 사람도 모두가 느끼는 건 비슷했어요. 그리고 잘하는 사람과 못하는 사람을 나누는 기준은 자전거를 잘 타고 못 타고의 문제가 아니었어요. 여정 가운데 순간순간을 즐길 줄 아는 것이 기준점으로 작용하고 영향을 미친다는 사실을 배웠어요. 자전거 여행 경험이 있는 이들 셋은 저보다 자전거를 잘 타기도 했지만 그보다 이전의 경험을 통해 즐길 줄 아는 태도와 사고를 갖추고 있었고, 그것에서 저와는 다르게 작은 차이가 나타난 건 아닐까 생각했어요.

선생님, 여행은 여기서 끝이 아니에요. 저만의 방식을 만들어갈 생각에 기대가 솟아나요. 여행은 언제나처럼 또다시 여행으로 이어질 거예요. 또다시 자전거 여행을 선택하게 될지는……, 글쎄요. 두고 보면 알게 되겠죠.

~·~·~·~·~·~

"누나, 눈물이 앞을 가려요! 나는 지금 울고 있어요.ㅜㅜ 너무 감동적이야."

메일을 확인한 선생님이 보낸 카톡 메시지였다. 선생님이 언급한 '누나'라는 호칭은 물론 나를 가리키는 말이다. 선생님은 친한 지인들을 부를 때 장난스럽게 '누나' 혹은 '언니'라는 표현을 쓰곤 하시는데, 생각해보니 기자와 취재원의 관계로 처음 만났을 때부터 이 호칭을 사용하셨던 것 같다.

선생님이 궁금해하셨던 자전거 여행의 숨은 이야기가 글로벌 인생학교에서 어떻게 보여지고 생산되었는지 나는 알지 못한다. 알아야 한다고 생각지 않았다. 그저 선생님께 공유하고 싶은 이야기를 나열했고, 선생님과 나 사이에 또 하나의 새로운 공감대를 만들었다는 것만으로 기뻤다.

오로지 내 욕심과 의지에서 시작된 자전거 여행이 누군가에게 새로운 욕심으로, 의지로, 만족으로, 보람으로 재생산되었기를 바랄 뿐이다. 혹여 그렇게 되지 않았다고 해도 상관없다. 경험의 기록은 시작과 과정이 중심이지 결과로 이야기되지 않으므로.

심장을 둘로 나누는 거예요.
한 치의 오차도 없이 공평하게.

진짜 북유럽 스타일 ❶

노크 소리가 작았을까? 한 번 더 두드릴까 싶었지만 잠자코 기다림을 택했다. 저 문 너머에선 칼레의 친구가 클라이언트와 화상미팅을 하고 있을 게 분명했기 때문이다. 잠시 밝히자면 칼레는 카우치 서핑 호스트다.

며칠 전 헬싱키 여행을 준비하면서 카우치 서핑 홈페이지에 들어가 호스트부터 찾았다. 북유럽 여행도 처음이고, 핀란드 방문도 처음이다. 러시아 상트페테르부르크를 여행하던 중에 기차를 타고 4~5시간이면 헬싱키에 쉽게 닿을 수 있다는 사실에 구미가 당겼다. 서울에선 쉽게 닿을 수 없는 머나면 도시건만 집을 떠나오면 가능한 일이, 쉬운 일이 많아진다.

러시아 철도 예매 사이트에서 헬싱키행 기차표를 구입하자마자 곧장 호스트를 찾아 나선 이유는 하나였다. 일상에서 흔히 말하고 듣는 '북유럽 스타일'이 대체 무엇인지 두 눈으로 직접 확인하고 싶었다. 로컬이 사는 집에서 로컬과 이야기를 나눌 수 있다면 그것만큼 확실한 방법이 또 있을까 싶었다.

어젯밤, 그러니까 상트페테르부르크 여행의 마지막 밤, 칼레에게서 한 통의 메시지를 받았다. 오늘 오후 예정된 헬싱키 여행의 첫날, 칼레의 퇴근 시간에 맞춰 그의 집에서 만나기로 한 약속에 문제가 생겼다.

"내일 오후 급히 헤멘린나에 다녀올 일이 생겼어요. 헬싱키에서 북쪽으로 100킬로미터 떨어진 도시예요. 멀진 않아요. 오후 6시에 기차를 타고 가서 밤 11시나 되어야 집에 돌아올 것 같아요. 어쩌면 더 늦을 수도 있고요."

칼레는 미안하다는 말과 함께 두 가지 옵션을 제시했다.

"헬싱키역에 7시 도착이랬죠? 친구한테 부탁해서 기차역에서 당신을 만나라고 할게요. 친구가 열쇠를 주면 집에 먼저 가 있어요. 아니면 당신이 올 시간에 맞춰 친구가 집에서 당신을 기다리는 방법도 있어요. 난 어느 쪽이든 상관없어요. 당신이 좋은 쪽으로 택해요."

선택에 앞서 칼레에게 물었다.

"회사에서 퇴근하고 바로 그 도시로 가나요?"

"아마 집에 들를 거예요."

"그게 몇 시죠?"

"오후 4~5시쯤요."

"좋아요. 내일 기차 시간을 바꿀 수 있는지 알아볼게요. 만약 안 된다면 당신이 제시한 옵션 중 하나를 택할 게요."

내가 스스로 할 수 있는 것을 찾는 게 먼저다. 점심 전 출발하는 기차로 변경이 가능하다면 칼레를 일찍 만나는 것도 가능하다.

그날 아침, 그러니까 상트페테르부르크 여행의 마지막 날이자 헬싱키 여행의 첫날, 결과적으로 나는 칼레가 제시한 옵션 중 후자를 택했다. 몇 분째 노크 소리에 반응이 없는 저 문 너머에서 칼레 친구가 나를 기다리고 있다는 얘기다.

"모이."

얼마 지나지 않아 굳게 닫힌 철문이 열리고, 쾌활한 여인의 목소리가 두 귀에 꽂혔다. 두 번째 옵션의 장막이 걷히고 칼레가 차려놓은 밥상이 무사히 여행자 앞에 당도하는 순간이었다. 핀란드어로 '안녕하세요'를 뜻하는 '모이'와 '웰컴'을 번갈아가며 건네는 여인의 이름은 박티. 칼레 친구다.

"늦게 문을 열어서 미안해요. 칼레한테 얘기 들었죠? 우선 들어와서 아무데나 편히 있어요. 미팅은 거의 끝나가요."

박티는 업무 중이었는데, 칼레가 차려놓은 밥상 매뉴얼에는 그녀의 상황 설명이 포함되어 있었다. 프리랜서 웹디자이너로 일하는 박티는 미국에 사는 클라이언트와 시차 때문에 저녁 시간이 다 되어서야 미팅을 시작했다. 사실 자기 집에서 해도 되는 업무인데도 집사 역할을 위해 수고스러움을 마다하지 않았다. 미팅이 끝날 때까지 나의 미션은 쥐 죽은 듯 있는 것이었다. 내가 나 자신에게 부여한 미션에 따르면.

박티와 정식으로 인사를 나눴다.

"요덩, 호종, 오쫑, 후던……."

박티는 내 이름을 재차 발음하면서 내 눈치를 살폈다. 낯설고 어려운 한국어를 자신의 것으로 만들려는 그녀의 첫인상이 나쁘지 않았다. 어느 정도 근사치에 다다르자 활짝 웃음꽃을 피운 그녀의 얼굴이 아름답기 그지없었다. 허리에 닿을 듯 길게 늘어뜨린 곱슬곱슬한 연갈색 머리, 파란색이라고 말하기엔 오묘한 빛깔의 푸르스름한 눈, 희다 못해 창백하게 보이는 피부색을 가진 박티의 외모는 흔하디 흔한 북유럽의 것이다. 새로운 만남은 새로운 세상과 연결되고 또 다른 관계로 이어진다. 칼레가 차려놓은 밥상이었고 뜻하지 않은 만남이었지만 결과적으로 박티와 나의 만남이 그러했다.

저녁 9시가 가까워지는데 창문을 비추는 빛은 대낮처럼 밝았다. 해가 지지 않는 헬싱키의 여름밤은 박티와 나의 발걸음을 도심으로 내달리게 했다. 가이드를 자처한 건 박티였다. 헬싱키에서 가장 맛있는 시나몬빵을 파는 카페를 보여주겠다고 했다. 자신이 가장 좋아하는 장소라고 했다. 가이드로 나선 그녀에게 도심의 랜드마크나 박물관, 성당 같은 역사적 명소는 그다지 중요한 이야깃거리가 아니었다. 이 도시의 오늘을 살고 있는 그녀에게 도시의 어제는 그다지 중요한 관심거리가 되지 않는다.

카페의 문은 닫혀 있었다. 통창 너머로 바깥의 환한 빛이 어두컴컴한 실내를 비췄다. 창에 코를 박고 두 눈을 좌우로 움직이며 카페 안쪽을 살폈다. 평범한 풍경이었다. 박티가 나를 이곳에 데려오지 않았다면, 그녀의 설명이 없었다면 보고도 그냥 지나쳤을 것이다. 평범한 것은 늘 그렇듯 인상을 남기지 않는다.

해가 지지 않는 헬싱키의 밤이건만 도심의 풍경은 어째 이미 오래전 해가 져버린 느낌이었다. 도심의 밤이란 자고로

간판의 네온사인이 뒤섞이고, 사람들로 북적이고, 먹고 마시고 또 먹고 마시는 풍경이어야 하거늘. 역시 핏줄을 속일 수는 없지 싶었다. 서울에서 왔다는 걸 증명하는 쓸데없는 정의일 뿐. 들키지 않게 표정을 감췄다. 여행자는 연체동물에 가깝고 어떠한 환경에도 적응할 수 있어야 한다는 말로 앞선 정의를 바꿨다. 이제 됐다.

"성당 구경할래요?"

걷다 보니 어느새 헬싱키 대성당이 코앞에 나타났다. 성당은 애초 박티한테 기대했던 가이드 코스도 아니었고, 게다가 신성한 장소에서 박티의 놀라운 성적 취향을 알게 될 거라곤 전혀 기대한 바가 아니었다.

시작은 박티와 칼레에 관해 이야기를 나누면서였다. 그중 박티에게 던진 질문 하나가 우리 대화의 방향을 완전히 바꿔 놓았다.

"칼레는 어떻게 알게 된 친구예요? 학교 친구? 아니면 동네 친구?"

"둘 다 아니에요. 사실 칼레와 알고 지낸 지는 얼마 안 돼요. 온라인 사이트에서 만났어요."

"온라인 사이트라면 페이스북이나 뭐 그런 SNS 같은 거요?"

"온라인 데이트 사이트요. 한국은 어떤지 모르겠는데 여기 핀란드에선 이성을 만날 때 다들 데이트 앱을 이용해요. 칼레도 그렇게 만났고요."

데이트 앱으로 이성을 만나는 문화는 한국도 마찬가지다. 그렇기에 이들이 온라인에서 만났다는 사실은 그다지 놀라운 얘긴 아니었다. 그 전에, 그러니까 우리가 걷는 동안 나눴던 대화 중 박티가 한 말이 문제가 되었다. 문제라기보단 '불씨'라는 표현이 나을지도 모르겠다. 박티는 자신이 사는 동네와 위치를 설명하면서 혼자가 아닌 '남편'과 함께 살고 있다고 말했기 때문이다. 여러 번 곱씹어보아도 내 기억은 정확했다. 나는 전혀 잘못 듣지도, 그녀의 영어를 잘못 해석하지도 않았다.

그녀에겐 남편이 있고, 데이트 상대도 있다. 이것은 팩트다. 한데 팩트에 대한 체크가 필요했다. 기억은 정확하지만 현상은 정확하지 않았다. 한국이란 사회적 배경에선 이 둘을 동시에 수용한다는 건 상상하기도 어렵지 싶었다. 핀란드이기에 가능한 것일까? 이것이 북유럽 스타일인 걸까? 선진국의 사회적 배경이란 말인가? 오래전에 본 스웨덴 영화에서 캠핑 여행 도중 대학 동기인 친구들이 남녀 할 것 없이 다 같이 발가벗고 노천탕에서 온천을 즐기던 장면이 불현듯 생각났다. 박티의 상황과 영화의 공통점을 꼽자면 개방적인 문화였다. 개방이란 말이 사실 금지하거나 경계하던 것을 풀고 자유롭게 교류하고 열어놓는다는 뜻인데, 이 상황에서 '개방적인 문화'라는 게 과연 알맞은 표현인지도 영 판단이 서지 않았다. 금지의 기준이 개인적으로 다를 수 있다고 보기 때문이다. 어찌 됐든 내 기준에선 '개방'이었다. 이 개방적인 문화를 더 알고 싶었다. 박티라는 개인의 문화를 더 알고 싶었다. 한데 깊이 파고들기엔 지극히 개인적인 이야기일 수 있었다. 우리는 이제 막 만났을 뿐이었다. 게다가 우물쭈물하는 사이 대화의 타이밍을 놓쳐버렸다.

대성당 야외계단에 앉아 있는 동안 내 머릿속에 그려진 물음표 개수는 성당 주변을 에워싼 사람들의 수보다 많았을 것이다. 채식주의자인 박티가 평소 즐겨 찾는다는 식당으로 장소를 옮긴 후에도 그 수는 제자리를 지키고 있었다. 박티의 것이 궁금해 미칠 지경이지만 도덕적 인간으로서 예의는 지키고 싶은, 그러나 그 한계도 어느 정도 바닥을 보이려는 찰나 나는 솔직해지기로 했다. 박티가 자신의 것을 숨기고 감추려는 유형의 인간이었다면 애초부터 '남편'과 '데이트 상대'가 있다는 점을 이제 막 관계를 튼 낯선 이방인에게 밝히지도 않았을 것이다. 솔직해져도 된다는 자기합리화까지 끝내고 나자 이 상황이 너무 오버스럽게 느껴졌다. 이렇게까지 심각하게 고민하고 대화의 방법을 찾는 나 자신이 부끄러웠다. 박티가 내 머릿속을 들여다보기라도 한다면 그것은 마치 홀로 발가벗겨져 노천탕에 있는 기분일 것이었다. 스웨덴 영화와 하나 다른 점은 울창한 숲속이 아니라 헬싱키 도심 한복판에 차려진 노천탕이라는 점이었다. 더는 부끄럽고 싶지 않았다. 속을 들키기 전에 겉을 내보이면 된다. 이보다 최선은 없었다.

"사실 성당에서부터 한 가지 궁금한 게 있었는데 물어봐도 돼요? 개인적인 얘기일 수 있어서 물어봐도 될지 말지 고민이 되었어요."

"뭔데요? 심각한 얘기예요?"

박티의 눈빛에 걱정이 담겨 있었다. 마음을 열어도 된다는 눈빛 같았다.

"데이트 앱에서 칼레를 만났다고 했잖아요. 그런데 현재 당신은 남편과 함께 살고 있다고도 말했어요. 그래서 그게 궁금한 거예요. 데이트 상대와 남편이 어떻게 동시에 존재하는지 말이에요."

"하하하."

이번엔 박티의 눈빛에 웃음이 가득 담겨 있었다.

"뭘 그렇게 어렵게 물어봐요."

역시 나 혼자 오버한 게 틀림없었다. 힘을 빼고 더 깊숙이 파고들어도 되겠지 싶었다.

"남편과 이혼할 생각이에요?"

"아니요. 전혀."

"둘 다 갖고 싶은 거예요?"

"칼레와는 아직 확실한 것이 없어요. 솔직히 말하면 내 마음은 확실한데 칼레가 그렇지 못해요."

"혼자 좋아하는 거예요?"

"짝사랑은 아니에요. 근데 내가 칼레를 더 많이 좋아하긴 해요."

한마디로 이 둘은 '썸'을 타고 있었다.

"칼레가 확신을 갖지 못하는 건 아마 당신과 생각이 같아서일 거예요. 내 상황을 이해하지 못하거든요."

"유부녀라는 사실을요?"

"그쵸. 나를 좋아하지만 그 사실을 받아들이긴 어려워하는 것 같아요."

핀란드 사람인 칼레도 나와 같은 생각이라는 데 괜히 반가운 마음이 들었다. 국적에 따른 사회적 배경이 개개인의 생각과 의견에 영향을 미치고 양분화하진 않는다는 사실이 반가웠다.

"중요한 건 내가 남편을 사랑하는 감정을 칼레는 이해하지 못한다는 거죠."

그 누가 이해할 수 있을까?

박티는 고등학교 졸업 후 대학 진학을 하지 않았다. 공부 대신 인도행을 택했다. 영적인 체험을 하고 싶다는 생각에서였다. 요가와 명상, 자연치료요법 등에 관심을 갖고 인도와 핀란드를 오가며 20대 초반 시절을 보냈다. 힌디어에서 따온 '박티'라는 이름도 그 시기에 지었다. 이후 박티는 다시 짐을 꾸려 이번엔 미국 동부로 날아갔다. 디자인을 공부하겠다는 계획이 있었다. 웹디자이너로 자신만의 커리어를 쌓아간 그녀는 라스베이거스에서 지금의 미국인 남편을 만나 연애하고 결혼했다. 10년간의 미국 생활을 정리하고 남편과 함께 핀란드로 돌아온 건 두 사람을 위한 새로운 환경이 필요하다는 이유에서였다. 핀란드 사람이지만 헬싱키에서 한 번도 살아본 적 없는 박티에게 헬싱키는 새로운 도시였고, 그녀의 남편에겐 헬싱키의 한낱 먼지마저도 새로운 공기였다.

"남편도 칼레의 존재를 알고 있어요. 우리가 어떤 사이인지도 알고요. 셋이 같이 만난 적도 몇 번 있으니까."

"불륜은 아닌 거네요. 그건 마음에 드네요. 근데 남편은 아내가 데이트를 해도, 다른 남자를 만나도 상관없대요?"

"남편도 지금 만나는 여자가 있어요. 그 둘은 '썸'이 아니라 '연인' 관계예요. 한마디로 여친 남친 사이죠."

"뭐라고요?????"

박티를 이해하고 싶어 시작된 이야기인데 대화를 하면 할수록 내 무덤을 파는 것 같았다. 도통 이해할 수 없는 말이 계속해서 그녀의 입을 타고 흘러나왔다.

"근데 남편을 사랑한다고 했잖아요. 그 사랑의 감정을 칼레가 이해하지 못해 안타깝다고요."

"맞아요. 남편도 나도 서로를 사랑해요. 우리는 결혼생활을 깨고 싶어 하지 않아요. 그래서 새로운 관계를 택한 거예요."

"그 사랑이란 게 가능한 얘기예요? 그러니까 내 말은 남편도 사랑하고 다른 남자도 사랑한다는 감정 말이에요."

"어렵게 생각하지 말아요. 남편과 나는 감정에 솔직해지기로 한 거예요. 그리고 받아들이기로 한 거예요."

"어렵게 생각하지 않게 구체적으로 설명해줘요."

"조금 전에 불륜이 아니라서 마음에 든다고 했죠? 그게 솔직한 거예요. 속이고 싶지 않았거든요. 많은 사람들이 앞에선 상대를 사랑한다고 말하면서 뒤에선 딴짓을 해요. 양심의 가책도 느끼지 않고 말이죠. 솔직하지 못한 거죠. 남편을 사랑하면서도 새로운 이성에 마음이 혹하는 걸 감추고 싶지 않았어요. 또 새로운 사람을 만난다고 해서 남편과 헤어진다는 게 솔직하다고 보여지지도 않았어요. 어떤 것이 옳고 그르다 얘기하는 게 아니에요. 내 기준에서 솔직한 건 지금의 내 모습이에요."

"남편도 같은 생각이에요?"

"운이 좋게도 우린 방향이 같았어요. 심장을 둘로 나눠서, 한 치의 오차도 없이 공평하게 나눠서 두 사람을 동시에 사랑할 수 있다고 믿었어요. 심장에 반드시 한 사람만 있어야 한다는 법은 없잖아요."

"그게 당신은 가능하다는 거죠? 심장을 둘로 나누는 게?"

"가능하다는 믿음이 있는 거죠. 나와 남편 사이에."

"믿음이 변할 수도 있잖아요?"

"시간이 지나면 그것 말고도 변하는 건 많아요."

믿음은 그저 믿음일 뿐이다. 오늘의 믿음이 내일의 믿음을 담보하지는 않는다. 남녀 관계에서는 특히 더 그렇다. 상대의 믿음이 내 것과 동일하고 완전하게 백 퍼센트 확신으로 채워지지 않는다는 걸 알면서도 조금이라도 어제의 믿음에 오늘의 믿음이 맞춰질까 노심초사하며 안간힘을 쓰느라 몸이 지칠 줄 모른다. 정작 마음은 이미 나락으로 떨어져버렸는데도. 가능하다는 오늘의 믿음으로, 그것이 변할 수도 있다는 내일의 믿음으로 박티는 자신만의 균형을 찾아가고 있는 건 아닐까 생각했다. 누구의 시선도 간섭도 필요치 않고 오롯이 남편과 아내가 중심이 되는 관계. "운이 좋게도 방향이 같았다"는 박티의 말에 부러움이 일고 퍼뜩 이해가 닿았다. 전부는 아니지만, 어차피 타인의 전부를 이해한다는 말이 솔직한 감정은 아닐 테니 이쯤에서 내 생각은 끝났지 싶었다.

"칼레는 자정 넘어서야 도착한다고 하니까 우리 집에 가 있을래요?"

식당을 나와 다시 걷기 시작했다. 발걸음이 달랐다. 땅에 닿자 떨어지는 두 발은 식당에 들어서기 전과 확연히 다른 느낌이었다. 물론 머릿속에 있던 수많은 물음표가 조금은 사라진 결과이겠지만 그보다 박티라는 사람을 만나고 그의 세계를 알게 되어 반가운 마음이 발걸음을 재촉했다.

"다니엘이 지금 집에 있대요. 안 그래도 소개해주고 싶었는데 잘됐네요."

박티의 남편 다니엘은 그의 여자친구 티나와 함께 나를 맞았다. 마침 티나도 집에 놀러 온 모양이었다. 힘차게 꼬리를 흔들며 내 주위를 맴돈 강아지는 티나가 키우는 반려견이었다. 내 이름을 여러 차례 반복해 발음하며 자신의 것으로 만들려는 다니엘의 첫인상은 박티의 것과 크게 다르지 않았다. 박티보다 다니엘의 한국어 발음이 조금 더 정확했다는 것만 빼면.

박티와 그녀의 남편, 남편의 여자친구, 낯선 이방인까지. 그야말로 생경한 조합이었다. 나를 제외한 이들 셋의 풍경은 더욱 생경해 보였다. 이들 셋의 관계가 놀랍다기보다 이들 셋의 자연스러운 모습이 놀라웠다. 굳이 이해를 요하지도 않는 풍경. 원래 그러했다는 듯이, 아무 일 없었다는 듯이 이들 셋은 섞여 있었다.

"저 둘은 어떻게 만났어요?"

거실 소파에 다니엘과 티나를 남겨두고 방으로 들어서면서 박티에게 물었다.

"클럽에서요. 두세 달 전쯤에."

티나는 헬싱키 출신이고 대학생이다.

"두 사람 어때 보여요?"

이번엔 박티가 내게 물었다.

"평범한 연인 같아요. 특별할 것도, 이상할 것도 없는 그런 평범한 연인이요."

"다니엘이 티나를 만나서 다행이라고 생각해요. 둘 다 좋은 사람들이에요."

남편과 남편의 여자친구가 좋은 사람이라고? 어떻게 이런 표현이 인간의 입, 아니 박티의 입에서 나올 수 있을까? 그리고 그 표현을 아무렇지 않게 내게 전할 수 있을까? '좋은 사람들'이라는 그다지 특별하지 않은 표현이 특별하게 다가온 건 그것에서 박티의 세계를 느낄 수 있었기 때문이었다. 그것이 또 다른 형태의 사랑일 수 있겠다는 생각이 들었다. 이들 셋이 섞여 있는 자연스러운 풍경이 가능한 이유를 조금은 알 것 같았다.

밤 11시가 지나자 헬싱키의 하늘에 어느덧 어둠이 내리깔렸다. 어둠이 내려앉기 직전 창을 비춘 푸른빛은 꽤 오랫동안 헬싱키의 하늘을 지키고 있었다. 파란 어둠 속에서 헬싱키의 첫날 밤은 그렇게 '좋은 사람들'과 함께 무르익어갔다.

모두 다 똑같이 살아갈 필요는 없어요.

진짜 북유럽 스타일 ❷

"두 사람 아주 즐거운 시간을 보냈던데요. 박티 집에까지 갔다면서요."

자정이 넘은 시각, 드디어 얼굴을 마주한 칼레는 자신이 차려놓은 밥상이 이렇게까지 큰 효과를 발휘할 줄은 예상 못 한 눈치였다. 칼레와는 몇 번 메시지를 주고받은 게 전부인데, 막 대면한 사이인데도 왠지 모를 친숙한 기분이 들었던 건 무엇 때문일까? 칼레의 말마따나 박티와 보낸 시간이 예상치 못한 즐거움을 선사한 건 틀림없었다. 다시 말해 칼레의 밥상 효과 덕분이었다.

"북유럽은 처음이랬죠? 북유럽의 여러 나라와 도시 중에 헬싱키를 택한 이유가 있어요? 뭐 특별한 계기라도?"

뭔가 썰을 풀며 그럴듯한 답을 늘어놓고 싶었으나 칼레의 기대에 부응할 만한 이야깃거리는 내 수중에 없었다. 상트페테르부르크에서 가까운 거리가 아니었다면, 쉽게 기차를 타고 갈 수 있는 도시가 아니었다면, 지금쯤 다른 나라 다른 도시에서 다른 호스트와 대화를 하고 있을지도 몰랐다. 그럼에도 대답은 해야 했기에 '처음, 첫 방문'이라는 사실에서 여행의 목적과 이유를 앞세웠다. 어느 나라 어느 도시를 가든지 언제나 여행은 처음, 다시 처음이 된다. 그리하여 한 도시를 떠나 다른 도시로 이동한 날, 여행의 모든 목적과 이유는 다시 처음부터 시작이다.

먼저 핀란드 음식에서 이유를 찾았다.

"기차에서 핀란드에 관해 인터넷 검색을 하다가 한 가지 재미있는 기사를 읽었어요. 프랑스 대통령이 '영국 음식은 유럽에서 가장 맛이 없다'고 비하했는데 그 말 앞에 '핀란드를 제외하면'이란 말이 붙은 거예요. 호기심이 일었죠. 곧장 핀란드 대표 음식을 검색해봤는데 이렇다 할 결과를 얻지 못했어요. 어차피 직접 보면 되니까, 오길 잘했구나 싶어요."

"그 대통령의 말에 절대 동의할 수 없지만 한국의 음식문화와 비교하면 빈곤하게 느껴질 수도 있을 거예요. 어찌 보면 맛이 없는 게 아니라 다양성이 적다고 볼 수 있으니까요."

몇 해 전 한국을 여행했던 칼레는 상황 파악이 빨랐다.

핀란드인의 아침식사는 역시나 빵이었다. 한데 그 맛과 모양이 일반적인 빵과는 조금 달랐다. 바게트가 프랑스를 대표하는 빵이라면 흑색을 띠는 호밀빵은 핀란드의 것이다. 칼레는 호밀빵 한 조각을 토스터기에 구운 뒤 그 위에 버터를 바르고, 치즈를 올리고, 아보카도와 토마토, 파프리카를 얹어 뚝딱 아침 밥상을 완성했다. 결론부터 말하자면 일명 '피니시 브레드Finnish Bread'라고 불리는 흑색 호밀빵은 보기보다 맛이 좋았다. 꽤 단단한 질감에다 기름기가 적고 신맛이 혀를 자극해서 그야말로 건강한 어른의 맛이었다. 핀란드 하면 떠오르는 맑고 깨끗한 공기와 이미지를 그대로 흡수한 빵 같았다.

"피니시 브레드를 맛봤으니 이제 핀란드 음식에 대해 생각이 달라지지 않나요?"

칼레의 질문엔 그가 듣고 싶어 하는 답이 이미 포함되어 있었다. 그 대통령이 언급한 '핀란드를 제외하면'이라는 말은 사실이 아니었음을, 이토록 간단하고 기본적인 빵 하나로 그 사실이 증명되었음을 인정하며 나는 그가 정해놓은 답에 동의를 표했다. 어쨌거나 내 입맛엔 좋았고 특별했고 무엇보다 또 먹고 싶었다.

사실 피니시 브레드의 맛이 좋고 나쁘고를 떠나서 이보다 더 인상 깊은 장면이 있었다. 설거지를 하던 칼레의 모습이었다. 접시를 닦고 있던 그는 스펀지 대신 브러시를 사용했는데, 흔히 운동화를 빨거나 청소용으로 사용하는 막대 손잡이가 달린 솔 형태의 브러시였다.

"이게 인상적이라고요? 신기하다고요?"

칼레의 모습을 신기한 듯 바라보는 낯선 이의 시각이 그에게도 신기하고 낯설게 느껴지는 건 당연했다.

"핀란드의 다른 가정은 어떨지 모르겠지만 어릴 때부터 우리 집에선 브러시를 사용했어요. 왜 스펀지를 사용하지 않았는지는 모르지만, 뭐 알 필요가 없다고 느꼈겠죠."

칼레는 이내 한 가지 분명한 이유를 생각해냈다.

"지금까지 설거지할 때 브러시 사용해본 적 없다고 했죠? 집에 돌아가면 한번 시도해봐요. 이게 스펀지보다 훨씬 편해요. 한쪽 손에 물이나 세제를 묻히지 않고 설거지를 끝낼 수 있거든요. 그게 이유예요."

이보다 더 명확한 이유가 필요할까. 북유럽 스타일이 아닌 칼레의 스타일, 즉 개인의 스타일이다. 헬싱키 여행의 목적과 이유가 한층 명확해지고 있었다.

사십 대 초반, 싱글, 모바일 콘텐츠 회사 근무, 전 세계를 돌아다니고 탐구하는 것에 큰 매력을 느끼는 남자. 핀란드에서 살아가는 자신의 삶과 세계를 여행하는 여행자로서의 삶이 적절히 균형을 이뤘으면 하는 남자. 아시아 문화, 특히 일본 애니메이션에 열광하며 장르를 가리지 않고 광팬을 자처하는 남자. 카우치 서핑 호스트로서 경험이 많은 반면 서퍼로서는 경험이 전무한 남자. 혼자보단 동행자가 있는 여행을 선호하는 남자. 단골 식당의 영업 여부에 따라 환희와 좌절을 오가는 감정의 극과 극을 달리는 남자.

칼레는 자기 색이 뚜렷한 사람이다. 자신의 선택에 있어서 제각기 확고한 목적과 이유가 그에겐 있었다. 일반적인 기준에서 칼레는 분명 벗어나 있었지만 그의 기준에서 꿋꿋하게 제자리를 지키고 있었다. 그래서 대화를 하면 할수록 그의 말은 내 예상을 빗나가기 일쑤였다.

"회사 전체가 주 4일 근무예요?"

"아니요. 나한테만 적용되는 거예요."

"비정규직이에요?"

"아니요. 정규직은 맞는데, 올해 재계약 조건으로 연봉을 깎는 대신 연차를 늘렸거든요. 돈보다는 시간이 필요하다는 이유에서요."

"장기 여행을 해본 적 있어요?"

"아니요. 전혀. 생각해보니 진짜 단 한 번도 몇 개월씩 떠나본 적이 없네요. 지금껏 방학이나 휴가가 아니고서는 여행을 생각해보지 않았어요."

"카우치 서핑 호스트 집에 머물러본 적 있어요?"

"아니요. 만약 혼자 여행을 했다면 어디가 됐든 호스트를 찾았을 거예요."

"그런데요?"

"그런 상황이 주어지지 않았어요. 혼자 여행하는 걸 선호하지 않거든요."

"그러니까 또 '아니요'네요."

결혼과 출산, 음식과 문화, 한국과 일본 여행에 관한 몇 번의 '아니요'가 반복됐고, 그가 스스로 정한 이유와 목적이 '아니요'를 뒷받침했다.

"모두 다 똑같이 살아갈 필요는 없어요. 적어도 이곳 핀란드에선 그래요. 직접 봐서 알겠지만 내가 살고 있는 아파트가 70년은 족히 넘은 빌딩이에요. 낡았죠. 방 하나에 작은 거실과 주방이 있는 형태고요. 그런데 이 아파트가 헬싱키 도심에 있잖아요. 지리적으로 꽤 좋거든요. 그것 하나면 되는 거예요. 그게 선택의 이유가 되는 거죠. 물론 내 기준에서요."

꼭 핀란드가 아니더라도, 대한민국 땅이라도, 그 어디라도 칼레의 말처럼 모두 다 똑같이 살아갈 필요는 없을 것이다. 나의 생각과 취향에 진실되게 '아니요'를 '아니요'라고 말할 수 있는 사회적 환경이 갖춰진다면.

칼레의 생각처럼 북유럽 스타일을 형성하는 개인의 스타일에는 명확한 이유가 존재했다. 그것이 개인의 생각과 취향으로 나타나 사회적 환경으로 이어지고 스타일의 확장을 이루지 않나 싶다. 어차피 '개인이 먼저냐, 환경이 먼저냐'를 논하는 건 '닭이 먼저냐, 달걀이 먼저냐'라고 묻는 것과 다를 게 없다. 어쩌면 굳이 사회적 환경까지 거창하게 끄집어낼 필요도 없는 얘기다. 나를 둘러싼 환경, 나의 삶, 내가 사는 일이 내 뜻대로 될 수 있도록 하는 것. 그러려면 '아니요'를 '아니요'라고 말할 수 있는 내가 필요하고, 그런 내가 나 자신에게 솔직해질 필요가 있었다. 말은 쉬워도 쉽지 않은 일이다. 사회적 환경을 탓하며 핑곗거리로 삼는 게 어쩌면 현명한 방법일지도 모르겠다.

이해가 아니라 인정하는 거죠.
그런 취향의 사람이라고.

진짜 북유럽 스타일 ❸

헬싱키 여행의 마지막 밤, 박티의 집을 다시 찾았다. 헬싱키 여행의 첫날 밤 박티의 집을 찾은 게 어제 일 같은데 벌써 일주일이 흘렀다. 칼레의 일정에 계획에도 없던 뮤직 페스티벌이 추가되면서 박티는 그를 대신해 흔쾌히 호스트를 자청했다. 여러모로 운도 따랐다. 토요일 밤이었고, 박티는 특별한 일정이 없었고, 다니엘은 주말 동안 다른 곳에서 지낼 계획이었고, 무엇보다 냉장고는 맥주로 가득 차 있었다. 박티의 동생 민나가 합류하면서 여자들만의 토요일 밤은 사내들에 관한 이야기로 출발했다.

"칼레랑 지내보니 어땠어요? 어떤 사람인 것 같아요? 나 말고 만나는 다른 여자가 있는 것 같아요? 어제도 그제도 우리 만나서 다 같이 놀았을 때 물어보고 싶어서 입이 엄청 간질간질했어요. 근데 칼레가 계속 우리랑 같이 있어서 이런 얘기 나눌 기회가 없었잖아요."

여러 문장이 마치 한 문장인 듯 박티 입에서 속사포처럼 쏟아져 나왔다. 말이 너무 빨라 순간 그녀의 영어를 알아듣지 못해 되물어야 했지만 어차피 질문의 핵심은 첫 문장에 있었다. 제삼자가 본 칼레, 그것이 궁금한 거였다.

첫날 박티에게 큐피드가 되겠다고 약속했으니 이 둘 사이 사랑의 천사로서 본분을 다할 때가 왔다.

"일단 다른 여자는 없는 것 같아요. 뭐, 대놓고 물어본 것도 아니고, 물어볼 수도 없는 건데, 그냥 직감이 그래요. 여자의 직감은 무시하지 못하니까요. 한번은 결혼과 출산에 대해 칼레와 얘기를 나눴는데, 결혼 생각도 아이에 대한 생각도 아예 없더라고요. 그냥 현재가 좋다고 그랬어요."

"나에 대한 얘기도 나눴어요?"

"당연하죠. 취향에 대해 얘기를 하다가 내가 칼레는 자기 색이 뚜렷한 사람 같다고 말하니까 그가 당신을 언급하더라고요. 박티야말로 색이 확실한 사람인데 그거 못 느꼈냐고,

내일이 없는 사람처럼 산다고 말이에요. 물론 좋은 의미에서."

"맞아요. 내일이 없다기보다 오늘을 사는 사람인 건 맞아요. 하하."

"당신 말대로 칼레는 쉬운 상대는 아닌 것 같아요. 또 당신 말대로 다니엘과는 전혀 다른 스타일인 것도 맞고요. 칼레가 당신의 상황을 이해하고 받아들일 때까지 기다려야 할 것 같다고 말했잖아요. 그 말도 맞아요. 시간이 필요해 보여요."

사랑의 천사가 물어 온 시답잖은 박씨였지만 박티는 내게 흡족한 표정을 지어 보였다. 어쨌든 우리 둘 사이에 공감대가 쌓인 건 사실이니까.

"박티의 큐피드를 자처했다면 이들 관계를 다 이해하고 큐피드를 하겠다고 나선 거예요? 솔직히 이상하지 않아요?"

자신의 언니지만 그녀의 성적 취향에 관해선 민나도 영 이해가 딸리는 모양이었다.

"사실 언니의 취향을 누구도 이해하지 못할 거예요. '이해'가 아니라 '인정'하는 거죠. 우리 언니는 그런 취향의 사람이라고. 그게 조금 다르게 보일 순 있어도 틀린 건 아니니까."

피를 나눈 동생의 입장에서 언니의 취향을 어떻게 바라보는지 궁금했는데, 묻기도 전에 민나 스스로 자신의 생각을 토해냈다. 반가운 말이었다. 생각하건대 인간관계에서 '이해'란 서로를 가장 솔직하지 못한 관계로 만들지 않나 싶다. 상대를 이해한다고 말은 하지만 실상은 자신의 취향을 상대에게 이해시키는 것에 가깝기 때문이다. 결국 이해를 하는 것이 아닌 이해를 요하는 일이 된다.

두 번째 맥주 캔을 땄다. "맥주 맛 좋다"는 내 말을 박티가 또다시 정정한다. "맥주가 아니라 알코올음료"라고. 파란색 줄무늬가 칠해진 이 맥주 캔, 아니 이 알코올음료 캔에는 '오리지널 쿨 그레이프 롱 드링크'라고 쓰여 있다. 핀란드에서 생산되는 진과 물에 포도나 자몽, 레몬, 오렌지, 라임, 크랜베리 등 과일을 첨가해서 만드는 알코올음료라는 박티의 설명이 한 번 더 나온 뒤에야 완벽한 이해를 달성한다. 알코올 함량은 맥주와 비슷하다. 그녀가 총애하는 쿨 그레이프는 이름 그대로 쿨하게 밤을 적신다.

민나는 헬싱키 여행이 어땠는지 궁금해했다. 마지막 밤에 어울리는 질문이었다.

"놀라운 것투성이예요. 지금 이 순간에도 그렇고요."

"지금 이 순간에도?"

"당신 둘 다 영어로만 대화를 하고 있잖아요. 내가 함께 있다는 이유로. 박티, 칼레와 함께 시간을 보낼 때도 그걸 느꼈거든요."

"반대로 당신이 이 상황에 놓인다면 한국어를 택할 것 같아요?"

"아마도 영어와 한국어를 섞어서 쓰겠죠. 나도 내 주변 사람들도 아직은 당신들처럼 훈련이 안 되어 있거든요."

"무슨 말이에요?"

"교육의 차이, 그러니까 교육 시스템의 차이 말이에요."

"또 놀라운 건 뭐가 있어요?"

"엊그제 우체국을 찾다가 한 할머니를 만났어요. 건물 입구를 못 찾아서 몇 차례 건물 주변을 뱅뱅 돌다가 할머니한테 물어보려고 말을 걸었는데, 잠깐 동안 대화를 나누게 되었죠. 어디서 왔고, 왜 이곳에 왔고, 여행 계획은 어떻게 되는지 등등 여행자를 만나면 으레 오가는 대화였어요. 그다지 특별한 건 없었어요. 근데 할머니가 마지막에 '헬싱키가 좋으냐?'고 물었어요. '아직 잘 모르지만 좋은 도시 같다'고 대답했죠. 그랬더니 할머니가 뭐라고 한 줄 알아요?"

"좋은 도시가 아니래요? 부정적인 말을 했구나?"

"자기는 헬싱키가 싫대요."

"왜요?"

"나도 똑같이 물었죠. '왜요?'라고. 할머니는 십수 년을 헬싱키에서 살다가 몇 해 전 외곽 도시로 거처를 옮겼는데, 이유는 헬싱키에 싫증이 나서였다는 거예요. 왜냐고 다시 물었죠."

"그랬더니요?"

"할머니 왈, 헬싱키는 너무 복잡하고, 너무 사람이 많고, 너무 시끄럽고, 너무 비싸고, 너무 질서가 없다는 거예요. 나도 모르게 피식 웃음이 터져 나왔어요."

"왜요?"

"서울은 천만 인구의 도시예요. 사람이 너무 많고 복잡하다는 할머니의 말이 나한텐 가당치도 않았던 거예요."

"하하하. 말 되네요."

"할머니한테 살면서 아시아를 여행해본 적이 있느냐고 물었거든요. 한 번도 없다고 했어요. 속으로 생각했죠. 할머니가 살아생전 꼭 한 번 아시아의 큰 도시를 방문하면 좋겠다고. 헬싱키를 바라보는 할머니의 기준이 분명 달라질 거예요."

할머니에게서 받은 충격은 여기서 끝나지 않았다. 대략 여든은 돼 보이는 할머니의 유창한 영어 실력이 충격이라면 충격이었다. 핀란드를 벗어나 살아본 적 없는, 핀란드 교육체계 안에서 영어를 익혔다고 밝힌 할머니의 모습에서 나는 나의 미래를 보았다. 한국과 핀란드 사이 시간 개념이 달랐다. 나에게 북유럽 스타일은 현재가 아니라 미래의 어느 시점이다. 이 깨달음이 헬싱키 여행의 가장 큰 수확이다.

그러고 보니 자매에겐 각자의 행복이 있었다. 지난밤, 그래 봤자 알코올음료 두어 캔 마신 게 전부인데, '롱 드링크'는 이름값을 제대로 했다. 그것은 여자들만의 밤을 길고도 깊게 적셨다. 거의 맨 정신으로 박티는 기타를 치며 노래를 불렀고, 민나는 젬베를 두드리며 흥을 돋웠다. 나는 그들의 청중이었다. 그리고 청중으로서 그들에게 꼭 듣고 싶은 말이 있었다. 핀란드 사람에게 꼭 묻고 싶었던 말, '핀란드는 진짜 행복한 나라인가요?'라는 문장이 청중의 입에서 흘러나왔다.

세계에서 가장 행복한 나라를 꼽는 행복지수 순위에서 핀란드를 포함한 북유럽 국가들은 늘 상위권을 차지한다. 나는 행복의 나라를 여행 중이고, 그 나라의 국민 두 사람과 함께 밤을 지새우고 있었다. 그들에게 행복하냐고 묻는 건 어쩌면 당연한 질문 같았다. 두 사람 중 박티가 먼저 입을 뗐다.

"음……, 글쎄, 핀란드가 행복한 나라인지 묻는다면 대답하기 어렵지만 내 개인의 행복을 묻는다면 대답은 'Yes'에 가까워요."

"그렇게 생각하는 이유가 있어요?"

WE ARE
STARDUST
DREAM
LANGUAGE
GYPSET TRAVEL
INDIA

"행복의 기준은 사람에 따라 다르고 주관적인 만족감이잖아요. 내가 원하는 나만의 명확한 기준이 세워져 있다면 그리고 그 기준을 따르면서 살아간다면 그게 행복이라고 생각해요."

이해가 아니라 인정이라던 민나의 말처럼 행복의 기준은 다름을 인정하는 것과 일맥상통하는 얘기였다.

이번엔 민나의 차례였다.

"언니와 동생까지 우리 세 자매는 제각기 살아요. 박티는 결혼했지만 아이를 낳을 계획이 전혀 없고, 고향에서 농장을 운영하며 살아가는 동생은 일찍 가정을 이뤄 애가 벌써 셋이거든요. 그게 동생이 원하는 행복이었고 그 기준을 따르며 살고 있는 거죠."

민나 자신의 행복은 여러 나라를 유랑하는 데 무게중심을 둔다. 승합차 내부를 직접 개조해 캠핑카를 만든 그녀는 시간이 날 때마다 반려견과 함께 북유럽이나 서유럽 등지로 훌쩍 떠나곤 한다. 지난밤 민나는 방을 마다하고 주차장에 주차해놓은 캠핑카에서 잠을 청했다. 그런 그녀를 박티는 당연하다는 듯 받아들였다.

"개인의 행복 여부가 먼저라고 생각해요. 그것이 긍정적인 방향을 이룬다면, 그것이 존중되는 국가라면 행복한 나라가 되는 것 아닐까요?"

지당한 말이었다. 앞서 청중이 던진 질문의 주체를 바꿔야 했다. "당신은 진짜 행복한가요? 당신의 삶은 행복한가요?" 하지만 개인의 행복 여부가 먼저라는 박티의 말에 공감이 가면서도 한편으론 씁쓸했다. 가진 자의 여유에서 이런 문장이 만들어지는 건 아닐까 하는 삐뚤어진 생각을 지울 수 없었다. 어차피 '개인의 행복이냐, 국가의 행복이냐'의 논리 또한 '닭이 먼저냐, 달걀이 먼저냐'와 다를 게 없는 얘기겠지만 이 논리를 받아들이는 태도와 사고에서 이들과 나 사이 간극이 존재했다. 둘 중 뭐가 먼저인지 판단할 줄 아는 사고에는 두 개의 질문에 이미 답을 가지고 있다는 전제가 깔려 있기 때문이다.

전 세계 행복한 나라 순위에서 상위권에 속하지 않는 대한민국 국민으로서 나는 개인과 국가의 행복 중 어떤 것이 앞서야 하는지 아직 명확한 판단이 서 있지 않았다. 솔직히 말하면 그것의 필요성을 그제야 자각했다. 개인의 행복 여부가 먼저라는 박티의 말은 틀림없는 사실이다. 그리고 세계에서 가장 행복한 나라로 대표되는 핀란드의 정체성 또한 틀림없는 사실이다. 개인의 행복을 이야기하는 두 사람의 사고와 판단력이 그 사실을 증명해냈다.

행복은 판단으로 얻어질 수 있고, 사람은 자신의 판단에 따라 행복을 결정한다. 국가는 그러한 개인의 행복을 뿌리내리고 보호한다. 행복한 나라는 그렇게 세워진다.

아내는 같이 못 갔어요.
장인어른께서 돌아가셨거든요.

진짜 북유럽 스타일 ❹

최고의 날씨다. 박티의 집에서 에이라 해변까지는 약 1킬로미터 거리다. 박티는 훌라후프를 어깨에 걸치고, 민나는 반려견 목줄을 손에 쥐고, 나는 배낭을 들쳐 멨다. 이제 곧 헬싱키와 작별할 시간이다. 마지막 일정은 선데이 브런치다. 뮤직 페스티벌에서 돌아온 칼레도 에이라 해변으로 오는 중이다. 해변 일대에서 수영복을 입은 사람들이 일광욕을 즐긴다. 해변 근처 공원에도 비키니 차림의 사람들이 보인다. 순간 놀라운 것 하나가 생각났다.

며칠 전 헬싱키에 하루 종일 장대비가 쏟아졌다. 오전부터

쏟아진 비는 늦은 밤이 되어서야 끝이 났는데, 비가 갠 다음 날 청명한 하늘은 바람 한 점 없는 완벽한 날씨를 자랑했다. 그날 무작정 걸었다. 헬싱키 도심을 구석구석 산책하는 데 공을 들였다. 그때 우연히 비키니 차림의 여인을 보았다. 햇빛이 아주 제대로 드는 선착장 한곳에 비치타월을 깔고 드러누운 여인은 독서에 집중한 채 일광욕을 즐기고 있었다. 누구 하나 그녀를 신경 쓰지 않았고, 누구 하나 그녀가 신경 쓰는 이 없었다. 그곳엔 여인과 햇빛 둘뿐이었다.

박티의 훌라후프 쇼가 끝나갈 때쯤 칼레는 자신의 동생과 함께 해변에 발을 들였다. 둘은 지난밤 뮤직 페스티벌에 함께 간 모양이었다. 여행자뿐 아니라 두 자매도 칼레 동생과는 초면이었다. 두 형제와 두 자매 그리고 여행자 사이의 대화는 예상대로 오직 하나의 언어로 행해졌다. 이런 상황이 더는 특별하게 느껴지지 않았다.

에이라 해변에서 서쪽으로 500미터 떨어진 곳에 로일리 Löyly 식당이 있다. 이곳은 사우나가 메인이다. 바다를 바라보며 한가롭게 사우나를 즐길 수 있어 유명한 곳인데, 박티의 말을 빌리자면 핀란드식 사우나를 모르는 사람들 사이에서 인기 있는 곳이라고 한다. 전통방식은 아니라는 얘기다. 최고의 날씨인 데다 바다 전망이 제 역할을 해서인지 연어크림

수프에서 역사적인 맛이 났다. 깊은 맛이 났다는 얘기다. 칼레에게 다시 한 번 "그 대통령의 말은 사실이 아니었다"라고 강력하게 동의를 표했다.

작별 인사를 나누기 전 식당 발코니에서 칼레 동생과 잠시 대화할 기회가 있었다.

"칼레가 동생이랑 같이 페스티벌에 간 줄은 몰랐어요."

"원래 형이 아니라 아내가 가는 건데 같이 못 갔어요."

"사정이 있었나 봐요?"

"지난 주말에 장인어른께서 돌아가셨거든요."

예상치 못한 아주 크나큰 사정이었다.

"어쩌다가 그런 일이……. 장인어른께서 병을 앓고 계셨어요?"

"아니요. 갑자기요. 지금 경찰이 사망 원인을 찾고 있는 중이에요."

동생의 말은 이랬다. 지난 주말 그의 장인과 장모는 캠핑 여행을 떠났다. 여행 도중 평소 지병을 앓던 장모가 급히 병원에 가야 했고, 장인은 아내를 병원에 데려다준 뒤 캠핑장으로 돌아와 잠을 청했다. 장인의 마지막 행적은 거기서 끝이었다. 홀로 있던 장인이 왜, 어떻게 사망했는지에 대해 경찰의 수사가 아직 진행 중에 있었다.

“아내가 진짜 가고 싶어 했던 페스티벌이거든요. 같이 못 가서 아내가 무척 아쉬워했어요.”

“아내가 상심이 크겠어요. 위로의 말을 꼭 전해주세요.”

애도를 표한다는 말로 대화를 끝냈지만 마무리가 성에 차진 않았다. 갑작스러운 얘기에 당황하기도 했고, 묻고 싶은 말을 어디서부터 어떻게 꺼내야 할지 판단이 서지 않았다. 집으로 돌아가야 하는 그의 기차 시간이 얼마 남지 않아 타이밍도 안 맞았고, 이곳을 떠나야 하는 제한된 시간은 나한테도 해당되는 얘기였다.

아내가 허락했다고는 하지만 상심에 젖은 아내를 두고 자기 형과 뮤직 페스티벌에 간 남자. 밤새 음악에 취해 거나한 밤을 보낸 남자.

그래, 이해가 아니라 인정이다. 이제 진짜 북유럽 스타일과는 작별이다.

배낭여행이
배낭만 멘다고 되는 건 아니었네.

육십 평생 첫 배낭여행

"한국 사람이에요?"

아무리 인도 스타일의 옷과 장신구로 한껏 치장을 한들, 검게 그을린 까무잡잡한 피부를 믿는다 한들 절대 숨길 수 없는 나의 한국식 영어 발음을 단박에 눈치챈 한국인이 내게 한국말을 걸어왔다.

사실 노천식당에 닿기 전 저 멀리서 이 세 명의 아저씨를 보자마자 한눈에 한국인이구나 하는 확신이 들었다. 게다가 이들이 머리부터 발끝까지 고급 브랜드 명이 찍힌 제품으로 한껏 치장한 것으로 보아 돈 좀 있는 한국인이라고 생각했다. 목 뒤로 넘긴 챙이 넓은 등산 모자부터 콜카타의 더위를 한 방에 식혀줄 통기성 좋은 아웃도어 티셔츠와 바지, 꽉 조여 맨 가죽 허리띠, 흙이 전혀 묻어 있지 않은 새것 같은 등산화, 목에 건 최고 사양의 카메라까지, 콜카타에서 쉬이 볼 수 없는 차림이었다. 무엇보다 세 명 모두 얼굴에서 부티가 팍팍 느껴졌다.

"콜카타에 오래 있었나 봐요? 여기 식당 사람들과 친근하게 대화를 나누기에 궁금해서 말을 걸어봤어요."

"인도 처음 왔을 때 이곳에서 한 달 정도 있었어요. 다른 도시에 갔다가 엊그제 다시 콜카타로 돌아왔어요."

"혼자서 여행하는 거예요?"

"네."

"아까 보니 저쪽에 앉은 외국 사람들하고도 대화를 하던데 여기서 사귄 친구들이에요?"

"친구라기보다 숙소가 같아서 오며 가며 얘기하고 그런 사이예요. 세 분은 콜카타에 언제 오셨어요?"

"오늘 왔어요."

"여행하러 오신 거예요? 아님 출장으로 오신 건가?"

"출장은 무슨. 우린 배낭여행 중이에요."

'배낭여행족'임을 강조한 이들의 정체는 예상한 대로 부티와 관련이 있었다. 고등학교 동창생인 이들의 은퇴 전 포지션은 고위 공무원, 대기업 임원이었다. 일반적인 기준에서 남부럽지 않은 인생을 살아온 이들에게 딱 하나 아쉬운 것이 있었으니 이들의 청춘 시절 요즘의 청춘들처럼 배낭 하나 달랑 메고 자유로이 세계를 유랑해보지 못했다는 점이다. 비슷한 시기에 은퇴를 하면서 삼총사로 뭉치게 된 이들은 아내들의 만류에도 굴하지 않고 짐을 꾸렸다.

"처음엔 유럽을 계획했는데, 여행이 너무 쉬울 것 같았어요. 뭔가 배낭여행다운 목적지가 필요하다고 생각했어요. 배낭여행의 목적이 뭐겠어? 개고생하는 건데, 거기에 딱 맞는 목적지로 네팔과 인도를 찾은 거예요. 인터넷 인도 여행 카페에서 보니까 인도와 네팔을 여행하고 나면 세계 어느 나라를 가도 살아남을 수 있다는 글을 봤거든. 그래서 우리가 지금 이 고생을 하고 있는 거예요."

셋 중 한 명은 끝까지 유럽을 고수했지만 다수결의 원칙으로 인도와 네팔이 이겼다. 네팔을 먼저 돌아본 이들은 이제 막 인도에 닿았고 몇 주간 인도 전역을 여행한 뒤 한국으로 돌아가 다시금 세계 유랑을 떠날 계획을 세울 것이라고 했다. 그러니까 한국 땅을 떠나기 전 애초 세운 계획이 그러했다는 얘기인데, 계획을 밝히는 이들의 목소리에는 그다지 확신이 담겨 있지 않았다. 네팔을 여행하면서 이들이 가지고 있던 배낭여행에 대한 환상이 무참히 깨져버렸기 때문이다.

"배낭여행이 배낭만 메면 다 되는 줄 알았지. 우리가 젊은 시절 배낭여행을 경험하진 못했어도 지금껏 살아오면서 남부럽지 않게 해외 경험을 쌓았거든요. 회사에서 보내줘서 미국 연수도 잠깐 다녀왔고, 패키지여행이긴 했지만 여름휴가로 이 나라 저 나라 다니고 그랬어요. 영어도 막힘없이 구사할 정도는 아니지만 또래에 비해 나름 자부심을 가지고 있었죠. 그래서 배낭만 짊어지고 떠난 거예요. 떠나면 젊은 친구들처럼 현지인이나 외국인도 사귀고, 같이 여행도 하고, 밤새 술도 마시는 경험이 자연스럽게 생길 줄 알았지, 하루 종일 우리 셋이서만 붙어 다닐 줄은 몰랐어요. 얼마 안 되는 경험이지만 몇 주 동안 여행을 해보니까 우리 입장에서 배낭여행이란 게 그들만의 문화로만 보였어요. 그들만의 사회, 소사이어티, 공동체 말이야. 아직까지 그 안에 들어가지 못해 자존심이 상했지 뭐. 근데 더 자존심이 상하는 건 어떻게 들어가야 할지 방법을 아직까지 모른다는 거예요. 우리가 나름 한국 사회에서 인정받던 잘난 놈들인데 말이야. 그렇다고 이걸 어디 가서 배울 수도 없는 노릇이고. '배낭여행 잘하는 방법'이라고 해서 노하우를 가르쳐주는 학원도 없을 거 아냐.

Ratatu with Rice
Tortia Potato
Veg Fried
티루파티

মা আসছে...

우리가 이런 생각을 하게 될 줄 누가 알았겠어요. 창피하게 말이죠."

배낭여행 사회에서 그들만의 문화, 공동체가 존재한다는 말에 고개가 끄덕여졌다. 내가 태어나 처음으로 배낭 메고 해외여행을 간 건 대학교 시절이었다. 그때가 2000년대 초반이었으니 벌써 20년이 다 된 세월이다. 지나온 과거의 시간을 말할 때면 어느 순간부터인가 내 입에서 '벌써'라는 단어가 자연스레 따라붙는다. 나이가 들었다는 사실도 자연스레 받아들이면 좋으련만, 그건 지금보다 더 나이가 들어도 전혀 자연스러울 것 같지 않다. 어쨌든 어색한 사실이지만 내가 배낭여행 사회에 발을 들인 것도 20년이 다 된 세월이다. 돌이켜보면 나는 30대가 되어서야 그들만의 공동체에 들어가는 방법을 조금씩 깨우칠 수 있었던 것 같다. 특별한 계기가 있었던 건 아니지만 굳이 이유를 찾는다면 '혼자'라는 사실 때문이었다.

친구들과 어울려 여행하던 20대 시절이 지나간 뒤 나는 자의 반 타의 반으로 1인 여행자가 되었다. 여행을 떠난 길 위에서 내 의지와 상관없이 타인을 만나고 헤어지는 행위가 수없이 반복되었고 '혼자'는 '함께함'의 또 다른 말이라는 사실을 깨우칠 수 있었다. 1인 여행자는 떠난 뒤 둘 혹은 그 이상의 공동체를 형성한다는 사실도. 나는 결코 혼자가 아니었다. 이는 여행 공동체가 내게 가르쳐준 말이었다.

"혼자는 떠나고 싶어도 못 떠나요. 친구들이랑 간다고 했을 때도 집사람이 영 탐탁지 않게 여겼는데, 혼자서 여행? 아휴 말도 못 꺼내. 다음 생이면 모를까 이번 생은 글렀어요. 집사람은 아마 우리가 이렇게 고생하는지도 모를 거예요. 팔자 좋다고만 생각할 테니까. 사실 여행 떠나기 전만 해도 주변에서 우리를 얼마나 부러워했는지 몰라요. 잘난 놈들은 역시 은퇴 계획도 다르다면서 우리한테 박수 쳐주고 응원해주고 그랬지. 친구들과 가족들에게 떵떵거리고 떠나왔는데 서울 돌아가면 이런 얘긴 창피해서 절대 못 할 거 같아. 배낭여행해보니 별것 아니라고 '척'을 해댈 게 뻔해요. 아마 여행가기 싫어도 다시 떠나야 할 거야. 남은 인생을 전 세계 돌며 배낭여행자로 살겠다고 주변에 큰소리 뻥뻥 쳤으니 어쩌겠어요."

초보 배낭여행족은 이래저래 할 말이 많다. 하소연이 이야기의 반을 차지하기 때문이다. 콜카타의 지리를 이들보다 잘 아는 내가 어쩌다 보니 가이드가 되어버렸다. 도심을 둘러보기로 하고 노천식당을 벗어나 공원으로 향하는 사이 이들의 하소연은 계속 이어졌다.

"그렇다고 아예 공동체에 발을 들이지 못한 건 아니었어요. 네팔 여행하면서 한국 젊은 청년들 많이 만났지. 듣던 대로 한국 사람들 많더라고요. 이 나이에 배낭 메고 여행한다고 하니까 젊은 친구들이 우리를 치켜세워주고 같이 시간도 보내주고 했는데 그래 봤자 우리는 그들한테 물주에 불과했어요. 밥만 얻어먹고 관계가 그냥 흐지부지됐지요 뭐. 그들 입장에선 우리가 어렵겠지. 나이도 많고, 뭣도 모르고 하니까. 이해는 되지만 씁쓸한 마음이 드는 건 당연했어요. 은퇴하기 전 우리가 한국 사회에서 후배들한테 대접만 받아오지 않았겠어요? 나 자신이 그런 존재인 줄 알고 살았는데 지금 여기 와서 보니까 그 당시 내가 가진 사회적 위치와 소속이 그런 존재를 만든 거였어요."

이제 막 배낭여행 사회에 발을 들인 신입 여행자가 한국 사회에서 제공받던 황송한 대접을 기대하는 건 어폐가 있었다. 육십 넘는 이들의 인생에서 첫 배낭여행지였던 네팔은 이 사실을 확인시켜준 계기가 되었다. 하소연은 아직 더 남아 있었다.

"과거 패키지여행에서 배낭 짊어지고 여행하는 젊은 친구들을 보면 부러운 마음이 들었어요. 하지만 억울한 건 아니었죠. 내가 청년 시절에 경험을 못 했다고 해서 억울한 생각은 한 번도 든 적이 없었거든요. 은퇴하고 나서 얼마든지 떠나면 된다고 생각했으니까. 한데 지금 심정은 부러움보다 억울함이 큰 것 같아요. 네팔에서 우리와 비슷한 또래의 유럽 사람들을 만난 적이 몇 번 있었는데, 그들과 대화를 해보니 학창 시절 배낭여행을 해본 경험이 다들 있었어요. 은퇴 후 혼자서 여행하는 사람도 여럿 봤어요. 그들의 말은 같은 세대인데도 딴 세상 얘기처럼 들렸어요. 동시대를 살아왔고 살고 있지만 여기 배낭여행 소사이어티에선 그들과 우리 사이 서로 포지션이 달랐던 거야. 그때 나도 모르게 억울한 감정이 느껴졌어요. 유럽이라서 굳이 비행기를 타지 않아도 자동차나 배를 이용해 주변 나라로 이동이 가능하니까 그들에겐 배낭여행이 쉬웠을 수도 있겠다고 생각하지만 그렇다고 그 사실이 억울한 감정을 풀어주진 못했어요."

콜카타에서 이들을 만난 건 2013년 1월의 일이다. 그 당시 한국에서 은퇴 후 제2의 인생을 설계하는 것에 관한 콘텐츠가 하나둘 미디어를 통해 선을 보이기 시작할 무렵이었다. 은퇴자의 인생에 관심을 가질 만큼 한국 사회가 나름 먹고살 만한 나라로 비춰지고 있었다. 하지만 한국 사회에서 은퇴자라 함은 내가 만났던 이들처럼 사회에서 한자리씩 차지하며 소위 잘나가던 이들을 가리켰다. 어찌 보면 이들의 억울함에 공감해줄 사람은 극히 소수에 불과했다.

같은 해 여름 인기리에 방영된 TV 예능 프로그램 〈꽃보다 할배〉로 인해 시니어들의 배낭여행은 급속도로 활기를 띠기 시작했다. 배낭여행이 더 이상 청년만의 문화가 아니었고, 그것을 향유하는 대상이 점차 확장되는 추세를 보였다. 이와 관련된 뉴스나 미디어를 접할 때마다 나는 항상 콜카타에서 만난 이들을 떠올렸다. 이후의 여행지에서 배낭 메고 홀로 혹은 여럿이 짝을 이뤄 여행하는 한국인 시니어를 심심치 않게 만날 수 있었고, 그럴 때마다 나는 항상 세 명의 신입 배낭여행족을 만난 순간을 떠올렸다.

2019년 겨울, 태국 여행에서 홀로 여행하는 60대 한국인 여성을 만난 적이 있었다. 그녀도 은퇴 후 배낭여행자의 삶을 택한 케이스에 속했다. 서로의 여행 경험담을 나누던 중 그녀가 내게 이런 질문을 건넸다. "인생에서 배낭여행을 시작하게 된 계기가 뭐예요?" 나는 머뭇거렸다. 살면서 처음 받아본 질문이었다. 이를테면 "이번에 태국 여행을 하게 된 계기가 있어요?"랄지, "배낭여행이 왜 좋아요?"랄지, "혼자 여행을 하게 된 특별한 계기가 있나요?"랄지, "이 도시에 온 이유가 뭐예요?" 같은 질문은 많이 받아봤지만, 내 인생에서 배낭여행을 시작하게 된 계기가 무엇인지 묻는 사람은 그녀가 처음이었다.

딱히 나 자신이 만든 계기는 없었다. 20년 전 성인들의 배낭여행이 하나의 문화로 여겨지던 당시의 자연스러운 사회적 분위기가 짐을 싸게 만든 계기로 작용했을 뿐. 그녀처럼 장황하게 계기를 늘어놓을 만큼의 밑천이 내겐 없었다. 그녀와 나 사이 배낭여행을 시작하게 된 한국의 사회적 배경이 달랐을 뿐. 콜카타에서 만난 3인방의 억울한 감정이 이러한 '다름'에서 생겨난 것일 수 있었다. 어느덧 인생의 노년기에 접어든 이들이 더 늦기 전에 자신이 원하는 사회적 배경을 스스로 만들고 싶어 짐을 꾸렸으리라 생각이 들었다. 요즘의 청춘들처럼 배낭 하나 달랑 메고 자유로이 세계를 유랑해보고 싶었다는 그들의 말이 부티 나는 은퇴자의 욕심이 아니라 세대 차이에서 탈피하려는 이들의 진심이지 않았을까 곱씹어 생각했다.

이제는 시간이 많이 흘러 '신입'에서 벗어났으리라 짐작되는 그들에게 더 이상의 억울함이 존재하지 않기를 바라고 또 바랄 뿐이다.

내가 아닙니다. 당신 자신에게 사과하세요.

숲속 명상 홀은 지난밤과는 전혀 다른 모습으로 나를 맞았다. 물감으로 칠한 듯 새파란 하늘에서 새어 나온 아침 햇살은 명상 홀 창 전체를 눈부시게 감싸고 있었다. 몸은 실내에 있지만 마음은 바깥 숲속에 있는 듯 느껴졌다. 명상 강의가 시작되자 '죽음'에 대해 이야기하는 한스 스님으로부터 나의 몸과 마음은 새롭게 정의되고 있었다.

"삶은 결단력이 없지만 죽음은 결단력이 있습니다. 나의 삶은 불확실하지만 나의 죽음은 확실합니다. 지금 이 순간에 집중하세요. 일체의 판단을 버리고 어떠한 말도 생각도 더하거나 빼지 말고 그 모습 그대로 받아들이세요. 명상은 심신 수련을 통해 삶의 의미를 깨닫는 행위이기는 하나 결과적으로 삶은 죽음과 결부됩니다. 즉, 우리는 명상을 통해 죽음을 준비하는 것이지요. 준비가 되었다면 생이 끝났을 때 슬퍼하거나 눈물을 흘릴 필요가 전혀 없습니다. 그것이야말로 가장 이상적인 삶이자 죽음입니다."

스님은 불교 명상법의 원형이 되는 위빠사나 명상 이론을 설파했다. 이는 주시注視를 이용한 명상법으로 몸과 마음 안에서 일어나는 모든 현상을 '현재의 순간'에 '있는 그대로' 포착하여 관찰하는 이론이다. 몸, 느낌, 마음, 법으로 대표되는 네 가지 사념처四念處, 즉 신수심법信受心法을 중심으로 수행한다. 규칙이나 습관에 따르는 익숙한 방식에서 벗어나 편견과 집착, 망상 없이 사물이나 현상을 '있는 그대로' 보고 받아들임으로써 존재의 실상에 대한 올바른 통찰이 이뤄진다고 믿는 명상법이다. '마음 챙김 명상'이라 불리기도 한다.

수업 후 한스 스님은 신입생인 나를 따로 불러냈다. 명상홀 바깥 정자에서 오리엔테이션이 진행되었다. 부처께 절하는 법, 걷기 명상과 정좌 명상의 자세와 하는 법, 명상센터 규칙 등에 관해 개별지도를 받았다. 신입생이 올 때마다 매번 스님께서 같은 말을 되풀이했으리라 짐작이 되었지만 내 눈

높이에 맞춰 나를 중심으로 바라보는 스님의 태도는 반복적인 행위라는 느낌과는 거리가 멀어 보였다. 마치 온전한 처음, 새것처럼 느껴졌다.

스님이 명상센터 규칙을 설명하는 동안 명상 홀 문에 붙어 있던 포스터 글귀가 머릿속에 그려졌다. 5가지 금기사항이 그림과 글로 적혀 있는 포스터에는 '거짓말하지 않기, 성관계하지 않기, 도둑질하지 않기, 죽이지 않기, 금주하기'가 담겨 있었다. 규칙을 알고 난 후 그에 따르는 벌칙이 궁금했다.

"스님, 규칙을 어기면 어떤 벌을 받나요? 사찰을 떠나야 하나요?"

"규칙을 어겼다면 먼저 사과를 해야겠지요."

"이곳 스님들께 사과를 해야 한다는 말씀이세요?"

"상대는 내가 아닙니다. 자기 자신과의 규칙을 어겼으니 사과는 자신에게 해야지요."

명상의 상대는 그 누구도 아닌 나 자신이다. 나를 중심으로 명상이 이뤄진다. 이보다 더한 규칙과 벌이 있을까.

"마지막으로 질문이 있나요?"

"새로운 사람이 오면 늘 직접 오리엔테이션을 진행하시는지 궁금해요."

"나를 포함한 이곳에 계신 스님들이 돌아가면서 진행을 하는데, 아무래도 내가 영어 담당이라 외국인이 오면 대부분 내 차지가 되죠. 혹시 다른 스님께 오리엔테이션을 받고 싶었나요?"

"아니요. 절대요. 저처럼 신입생은 매번 바뀌지만 스님의 입장에서 항상 같은 말을 반복해서 전달해야 하는 게 쉽지 않은 일일 것 같아서요. 그래서 궁금했어요."

"반대로 생각해봐요. 같은 말이지만 매번 상대가 바뀌니 전달하는 행위가 쉬울 수도 있겠다고 말입니다. 내 입장에서 오리엔테이션은 수행의 한 과정입니다. 이 과정을 통해 있는 그대로 보고 느끼고 받아들이는 행위 속에서 같은 것을 같지 않게 볼 수 있도록, 반복을 반복이 아닌 것처럼 여길 수 있도록 수행을 쌓아가는 것입니다. 중요한 건 지금 당장 내가 한 말을 이해하려고 애쓰지 마라는 거예요. 우선 자신만의 명상을 시작하세요."

치앙마이에 있는 유서 깊은 불교 사원 왓우몽을 찾은 날 사찰 안에 자리한 명상센터 건물을 보자마자 명상이 하고 싶어졌다. 솔직히 말하면 도심과 멀지 않은 사찰임에도 불구하고 대지 전체가 울창한 숲으로 둘러싸인 이곳에서 머물고 싶은 마음이 나를 부추겼다. 지금껏 명상을 제대로 해본 경험은 없었지만 앉은 자세로 눈만 감으면 되는 것이니 어려울 것 하나 없다고 생각했다. 무엇보다 낯선 나라에서의 '템플스테이'라는 이 멋진 단어가 내 것이 되는 건 쉽게 얻을 수 있는 경험이 아니었다. 원래의 계획을 변경하고 왓우몽에 다시 가서 짐을 풀었다.

초보 수련생의 경우 최소 3일간 수련하길 권장한다는 안내 문구를 보고 3일간의 템플스테이를 계획했지만 기간은 계속해서 늘어났다. 한스 스님과의 오리엔테이션 이후 템플스테이보다 더 멋진 말에 눈을 떴기 때문이다. 나만의 명상을 시작하는 것, 그것이 훨씬 더 멋들어진 경험으로 내게 다가왔다.

"명상은 오직 당신의 경험과 의지로 완성됩니다. 나를 통해 어떻게 걷고 어떻게 앉는지 배우되, 이를 바탕으로 걷거나 혹은 앉아서 어떻게 몸과 느낌, 마음을 관찰할 것인지는 스스로의 경험과 의지에 따라 달라집니다. 명상의 주체는 오로지 나 자신입니다. 다른 수행자의 방법을 열심히 좇는다한들 절대 내 것이 되지 않습니다."

한스 스님이 일러준 대로 며칠째 걷기 명상 35분, 정좌 명상 35분 혹은 그 이상의 시간을 들여 같은 장소에서 같은 자세로 수련을 쌓았지만 남는 건 없었다. 머릿속에 온갖 잡념과 망상, 과거의 기억이 어지러이 뒤섞여 정신을 괴롭히는데도 그저 몸은 기계처럼 움직여 정해진 시간만 채울 뿐이었다. 나의 경험, 나의 인생, 나의 정신, 나의 명상, 나의 것이 필요했다.

사흘 만에 한스 스님의 컴백 소식이 들려왔다. 며칠간 요양 차 어머니가 계시는 고향집을 방문한 스님께서 명상 강의를 재개한다는 반가운 소식이 전해졌다. 스님을 기다리느라 예정보다 사찰 생활이 길어진 이유도 있었다.

"이곳 명상 수행자들에게 가장 많이 받는 질문은 '어떻게 하면 명상을 쉽게 할 수 있느냐'입니다. 답은 늘 같아요. 'It's impossible.' 불가능한 일이니 기대 말라고 말하죠. '어떻게 하면 집중을 잘할 수 있느냐'고도 자주 묻습니다. 이것도 답은 하나, 'I don't know'. 나는 알 수 없어요. 그 답은 당신이 찾아야 합니다."

수십 년 넘게 수행을 하는 스님도 명상이 어렵고 힘든 건 마찬가지다. 다만 강의를 듣는 우리와 다른 점이 있다면 자신만의 방법을 어느 정도 터득했다는 것, 그리고 오랜 시간 연습이 됐다는 것.

"명상은 누군가가 만든 룰에 맞춰 행동하는 게 아닙니다. 자신만의 조항과 규칙, 테크닉을 쌓는 것입니다. 눈을 감고 명상을 하는 게 힘들면 눈을 뜨거나 다른 방법을 찾아보세요. 명상하다 졸리면 커피 한 잔 마시고 다시 시작하면 돼요. 잡념이나 주변 소음이 명상을 방해한다고 그것 때문에 집중이 안 된다고 쉽사리 판단하지 마세요. 집중의 대상은 잡념이 될 수도 소음이 될 수도 있어요. 듣는 것, 보는 것, 생각하는 것 제각각의 행위가 한데 결합하는 데 집중하세요. 들리는 것을 차단하고 보는 것에만 집중할 필요도, 보는 것을 차단하고 들리는 것에만 집중할 필요도 없습니다. 이를테면 지금 우리가 있는 이 명상 홀에 비행기 소리가 들리지만 내가 그곳에 있는 건 아니에요. 다만 귓가를 맴돌 뿐이죠. 현상을 받아들이는 것, 그 다채로운 현상을 한데 모으는 집중력이 중요합니다. '한곳에만 집중하라'고 말하기엔 상황이 여의치 않아요. 사는 동안 'Meditation is life'를 실천해야 하는 인간에게 삶은 어느 특정한 한곳이 될 수 없습니다."

스님의 말은 내 예상을 빗겨 갔다. 명상을 보다 쉽게 하는 방법, 집중을 잘하는 방법을 터득하는 것이 명상 수행의 성공적인 결과물이 아니었다. 이곳에서 짧은 시간 배우고 익힌 자신만의 명상법을 일상생활 속에 그대로 가져가 지속적으로 실천해나가는 것. 그렇게 '명상은 삶'이 된다.

여행을 믿기 시작했어.
언론이 아니라 여행을 말이야.

친애하는 크리스 ❶

동티모르의 수도 딜리에 오면 당장이라도 크리스를 만날 줄 알았다. 내 착각이었다. 크리스의 일정을 고려하지 않은 지극히 자기중심적인 생각에서 스스로 정한 확신일 뿐이었다. 딜리에 와서 보니 알 것 같았다. 크리스보다 고작 이틀 늦게 왔다고 생각했는데 고작이 아니었다. 무려 이틀이나 아주 늦게 나는 딜리에 온 거였다. 여행자를 단숨에 빨아들이고 그의 시간을 마구잡이로 뒤흔드는 강력한 무기가 이 도시에는 없었다. 크리스가 느낀 딜리의 시간은 딱 이틀이면 족했다. 나의 체감도 다르지 않을 것이었다.

동티모르 여행은 크리스로부터 시작되었다. 서울 정릉동 달동네에 자리 잡고 있던 내 작업실에 크리스가 찾아온 건 2017년 봄의 일이다. 밤이 되면 빈 공간이 되는 텅 빈 작업실을 서퍼들에게 내어주던 시절이었다. 일본에서 하던 일과 살던 집을 처분하고 크리스가 다시 장기 여행길에 오른 건 그의 새로운 프로젝트 'Chris Across the World' 아시아 편 촬영을 위해서였다. 일본을 시작으로 아시아 전역을 누빌 계획인 크리스와 처음 만난 날, 대화 도중 흥미로운 질문 하나를 받았다.

"지금까지 아시아 나라 중에 어디 어디 가봤어요?"

"거의 다요."

솔직히 어느 나라를 가봤는지, 몇 개국이나 여행했는지 통계적 수치를 따진다거나 여행한 나라 이름 대기 놀이 같은 이런 질문을 나는 별로 좋아하지 않는다. 그동안 가깝다는 이유로 대륙 중에서도 아시아 여행을 제일 많이 한 것도 사실이고, 나라 이름을 일일이 대기가 귀찮기도 해서 무엇보다 있어 보이는 짧은 영어로 대답하고 싶은 마음에 'Almost'라고 나름 도도함을 과시했다.

"한국 사람이니 북한 여행은 당연히 꿈도 못 꿀 테고, 혹시 동티모르에 가봤어요?"

"아니요."

"방글라데시는요?"

"아니요."

"네팔은요?"

"아니요."

"부탄은요?"

"아니요."

"거의가 맞는 말인 거예요? 하하."

크리스가 언급한 나라 가운데 내 귀에 꽂힌 건 '동티모르'였다. 몇 해 전 인도를 여행할 적에 인접 국가인 방글라데시와 네팔을 가려다 결국엔 비자와 날씨 탓에 가지 못했고, 부탄은 오래전부터 생각은 해왔지만 어마어마한 여행 비용을 지불하는 것이 과연 가치 있는 소비인지 아직도 판단이 서지 않는다. 한데 동티모르는 예외였다. 단 한 번도 여행지로 생각해본 적 없는 나라가 누군가에 의해 내 인생에 불쑥 찾아들면 그렇게 반갑지 않을 수가 없다. 감히 말하건대, 인생에서 가장 설레는 순간이다.

동티모르의 보물섬이라 불리는 아타우루섬에서 다시는 없을 주말을 보내고 딜리행 선박에 몸을 실었다. 동티모르에서는 도시와 도시를 잇는 교통 시스템이 갖춰져 있지 않아 어

© Chris

느 지역을 가더라도 델리로 돌아온 뒤 이동해야 한다. 다시 말해 끝이 난 줄 알았던 델리의 시간이 여정에 또 한 번 끼어들었다. 그나마 다행인 건 동티모르 최동단에 위치한 무인도 자코섬으로 떠난 크리스의 여정도 나와 같은 상황을 맞았다는 소식이 전해졌다는 것. 며칠 후에나 다른 지역에서 만날 줄 알았는데, 원래보다는 시간이 초과되긴 했어도 예상대로 우리는 델리에서 상봉했다.

크리스를 태운 오토바이가 숙소 앞마당으로 돌진할 것처럼 굉음을 내면서 들어왔다. 그리웠던 내 친구 크리스와 반갑게 포옹을 나누는 사이 마당 테라스를 차지하고 있던 여행자들의 시선이 등 뒤에 꽂혔다. 방청객이 따로 없었다. 여행자들로 둘러싸인 낯선 곳, 내 인생에 불쑥 찾아든 동티모르에서 그 길을 터준 크리스와의 5개월 만의 해후는 더없이 훌륭했다.

자코섬 여행이 어땠는지 묻는 내 말을 크리스가 불쑥 가로막았다.

"그보다 먼저 중요하게 할 이야기가 있어."

크리스는 가방에서 서류봉투처럼 보이는 빳빳한 종이를 꺼내더니 테이블 위에 조심스럽게 올려놓으며 말했다.

"이게 뭐야? 너랑 안 어울리게."

"뭔지 맞혀봐. 힌트를 주자면 이번 프로젝트를 시작하면서 아시아에서 여행하기 가장 어려울 것으로 예상한 나라가 있는데 거기에서 가져온 거야."

어쨰 퀴즈는 하나인데, 답은 두 개를 맞혀야 할 것 같았다. 서류봉투 안에 담긴 것의 정체와 그것을 가져온 곳, 즉 크리스가 방문한 나라 맞히기 게임이었다.

"힌트를 하나 더 줄게. 나한테는 방문하기 어려운 나라이긴 한데 갈 수 없는 나라는 아니야. 한데 네 경우는 달라. 아예 갈 수 없는 나라거든."

여행한 나라 이름 대기 놀이는 싫지만 이건 상황이 조금 달랐다. 두 번째 힌트가 끝나기 무섭게 머릿속에 한 가지 답이 떠올랐고, 그것이 맞는다면 게임은 꽤나 흥미진진해질 터였다.

크리스는 북한을 다녀왔다. 서류봉투 안에는 크리스가 내게 선물하고 싶어 가져온 〈로동신문〉 한 부가 들어 있었다.

"너 만나기도 전에 신문이 구겨질까 봐 얼마나 노심초사했는지 몰라. 몇 달 동안 가방 제일 깊숙한 곳에 보물처럼 보관하고 다녔어. 드디어 주인을 만나서 기뻐. 이제 두 다리 쭉 뻗고 잘 수 있겠어."

어쨰 북한 밖으로 신문을 반출했다는 것보다 구김이 갈지 모른다는 게 더 걱정이 되었을까. 소중한 내 친구지만 크리스는 분명 미친놈인 게 틀림없다.

"북한은 언제 갔어? 왜 미리 얘기 안 했어?"

"짠~ 서프라이즈! 북한을 다녀온 친구를 만난 너는 이제 목숨이 위험해질 거야. 너는 북한의 적이니까. 하하."

역시 미친놈이 확실하다.

앞서 밝혔듯이 크리스는 자신의 프로젝트를 기획하면서 아시아의 모든 나라를 방문할 계획을 세웠는데, 북한 여행에 대한 우리의 의견은 같았다. 여행 자체가 불가능할 것 같다고. 중요한 건 크리스는 미국에서 태어나진 않았지만 미국 국적의 여권을 가진 미국인이라는 사실이다. 그러니까 크리스도 북한의 적인 건 마찬가지다.

"의외로 쉽게 풀렸어. 베이징에 북한 여행을 주관하는 여행사가 생각보다 많아서 놀랐어. 그들이 원하는 대로 돈을 지불하고, 말하는 대로 따르면 되는 거였어. 국적에 상관없이 돈만 있으면 갈 수 있는 거였어. 물론 네 국적은 제외지만."

"얼마를 지불했는데?"

"닷새 일정에 천 달러가 넘었어."

백만 원이 넘었다. 크리스의 예산을 감안하면 엄청난 비용이었다. 그러나 크리스는 일 초의 망설임도 없이 지불을 완료했다. 북한을 여행하고자 했던 그의 원래 계획에 따른 결정이었지만 크리스에겐 이와 더불어 한 가지 새로운 목적이 있었다.

"생각해봐. 방구석에 가만히 있으면서 북한 여행을 바랐다면 그냥 불가능한 행위로만 끝났겠지. 너도 나도 그렇게 생각했잖아. 프로젝트를 완성하는 데 제일 큰 걸림돌은 북한이 될 거라고 말이야. 그런데 막상 이렇게나 쉽게 갈 줄 누가 알았겠어? 여행이 그래. 여행이란 게 그래. 방구석을 나오면 쉬워지는 것들이 많단 말이야. 알 수 있는 것들이 많단 말이야. 이 말을 듣는 누군가는 그러겠지. 방구석을 나오는 게 쉽지 않다고. 그건 일상의 얘기지. 여행이 아냐. 여행은 방구석을 나오면서부터 시작되는 거야."

장황하게 서두를 꺼낸 크리스의 속내가 점점 궁금해졌다.

"남미 프로젝트를 했을 때도 마찬가지였어. 각 나라의 오지를 여행하겠다고 하면 대부분의 사람들은 이동을 만류했어. 인터넷이나 미디어를 통해 정보를 찾아도 결과는 같았어. 한데 내 경험상 결과는 반대인 경우가 더 많았어. 여행자를 뒷받침해줄 관광자원이나 시설이 부족했을 뿐 여행자들이 닿지 않는 멀고 먼 오지일수록 따뜻한 사람들이, 잊을 수 없는 순간들이 훨씬 더 많았어. 뉴스나 미디어에서 떠들어대는 '팩트'라는 것이 실제 모습과는 맞아떨어지지 않았던 거야. 적어도 내가 여행한 남미는 그랬어. 그 이후 나는 여행을 믿기 시작했어. 언론이 아니라 여행을 말이야."

또다시 장황하게 서두를 늘어놓던 크리스는 보일 듯 말 듯 밀당을 이어가더니 마침내 그 속을 내보였다.

"여행사 직원으로부터 북한에 갈 수 있다는 말을 전해 들었을 때 뛸 듯이 기뻤어. 역시 여행이 나를 배신하진 않는구나 싶었지. 그 순간 프로젝트를 떠나서 북한에 꼭 가야 할 이유가 생기더라고. 아주 긍정적인 기대가 샘솟았거든. 남미 여행의 경험이 북한에서도 적용될 거란 기대. 전 세계 미디어에서 말하는 북한의 이미지와 실제 모습은 다를 거라는 기대. 정치나 권력, 사회질서를 떠나 일상을 살아가는 북한 사람들에게도 우리와 같은 보통의 하루, 보통의 희망이 존재할 거란 기대. 그것을 내 눈으로 직접 보고 싶었고, 보여주고 싶었어. 너를 포함한 내 주변 사람들에게."

마지막 문장을 듣고 나니 엉켰던 퍼즐이 제자리를 찾은 것 같았다. 서두가 장황했던 것이 아니라 북한이란 나라가 그런 거였다.

여행의 결말?
슬프게도 반전은 없었어.

친애하는 크리스 ❷

크리스와 대화에 집중한 사이 식당 내부를 밝힌 불빛이 형광등으로 바뀌어 있었다. 딜리의 하루가 또 가고 일몰 후의 도시는 금세 암흑 속에 잠겼다. 동티모르 최대 도시라는 타이틀이 어둠과 함께 사라지고 없었다. 그제야 딜리의 밤, 달빛도 별빛도 없는 칠흑 같은 밤이 눈에 들어왔다. 아주 잠깐 동티모르에 와 있다는 사실을 잊고 있었다. 대화의 주도권은 자연스레 우리를 감싸고 있는 현재로 바뀌었다. 현상에 대한 자각은 크리스가 먼저였고, 그 스스로 앞선 질문에 대한 이야기를 토해내기 시작했다.

"자코섬으로 가는 길에 한 남자를 만났어. 자코섬과 가장 인접한 마을인 투투알라까지 이동해야 하는데 마땅한 교통편이 없었거든. 어쩌겠어, 도로 위에서 엄지손가락을 치켜세울 수밖에. 어차피 차량도 별로 다니지 않는 인적 드문 좁은 비포장도로였는데, 차량 한두 대가 나를 지나치고 난 뒤 그 남자가 내 앞에 차를 멈춰 세웠어.

남자는 하교한 학생들을 태워 집에 데려다주는 일을 하고 있었어. 일을 마치면 나를 투투알라까지 데려다주겠다고 말하면서 동행을 허락했지. 하지만 학생들이 모두 하차한 후 남자는 낡고 오래된 집 앞에 차를 세웠어. 그가 사는 집 같아 보이진 않았는데, 들고 온 봉투에는 빵과 음료수 그리고 총 한 자루가 담겨 있었어. 총을 본 순간부터 머릿속이 복잡해졌어. 투투알라까지 한 시간을 더 달려야 하는데 '표적이 내가 되면 어쩌나' 하는 불안을 떨칠 수 없었거든. 하필 그가 바로 내 뒤에 총을 세워놓은 데다가 총구가 나를 가리키고 있었어. 울퉁불퉁한 비포장도로를 달리는 트럭이 세게 흔들릴 때마다 들썩거리는 총의 움직임이 심상치 않게 느껴졌어. 이러다 방전될 것만 같았어. 눈치를 살피다가 슬쩍 총구 방향을 반대로 돌려놓고 나름 방책을 세웠는데 그래 봤자 궁여지책일 뿐이었어."

달리 방도가 없었다. 크리스가 힘껏 용기를 내 남자에게 자초지종을 묻는 수밖에 없었다. 새벽 2시에 출발한 버스를 타고 무려 13시간 끝에 도착한 곳에서, 자코섬을 고작 몇 킬로미터 앞에 두고서 죽음을 맞을 수는 없는 노릇이었다.

"서로의 언어는 달랐지만 손짓발짓은 효과적이었어. 내 몸짓언어를 대충 알아챈 남성이 큰 소리로 웃기 시작하더니 '돈 워리Don't worry'라고 재차 말했어. 그다음 이어진 그의 서툰 영어와 몸짓언어를 종합해서 해석하자면 총은 내가 아니라 야생동물이나 적으로부터 자신을 보호하기 위한 용도라고 설명하는 것 같았어. 독립국이 되었지만 오랜 침략과 전쟁의 역사로 여전히 경계를 늦추지 않고 살아가는 사람들에게 총은 그것을 대표하는 수단인 거지. 어쨌든 표적이 내가 아니어서 얼마나 다행스러웠는지 몰라. 그 사실을 알고 나니까 나도 남자처럼 웃음이 나더라. 혼자 상상했던 게 기가 막혀서 헛웃음이 나더라고."

크리스가 자코섬에 가지 않았더라면 그 남자와의 예기치 못한 만남도, 총의 표적이 되는 상상으로 쪼는 일도, 그로 인해 헛웃음 나는 상황도, 신생 독립국 동티모르의 현실을 마주보는 일도 전부 일어나지 않았을 것이다.

이번엔 크리스가 묻고 내가 답할 차례였다. 상황은 조금 다르지만 나도 딜리에서 만난 한 남성과의 일화를 끄집어내면서 이야기를 시작했다.

"그날도 딜리의 밤은 굉장히 빠르게 어둠 속으로 사라지고 있었어. 크리스토 레이(파투카마반도 끝에 세워져 있는 예수 동상)를 찾은 날 딜리를 넘어 동티모르 전역을 굽어살핀다는 예수 동상을 보기 위해 500여 개의 계단을 올랐는데, 일몰과 동시에 칠흑 같은 어둠이 하늘을 뒤덮기 시작하더라. 예수 동상은 듣던 대로 딜리의 자랑이다 싶었고, 일몰 후 어둑어둑한 풍경은 의외로 아름다웠고, 운동복 차림의 현지인들이 하루를 마무리하는 모습을 보면서 낯선 도시에서 낯익은 일상을 마주하는 것도 좋았어. 거기까지는 좋았어. 예수 동상을 뒤로하고 올랐던 계단을 한 개도 빠짐없이 다시 밟아 주차장 입구로 돌아왔는데 시내로 돌아갈 버스가 보이지 않는 거야. 일몰 직전 이미 막차가 떠났다는 말을 주변 사람들로부터 전해 듣고 나도 너랑 같은 생각을 했지. 어쩌겠어, 도로 위에서 엄지손가락을 치켜세울 수밖에."

크리스와 상황은 비슷했다. 이제부터 등장하는 이야기의 주인공과는 그렇게 만났다.

"주차장 입구로 들어오는 차량 몇 대를 놓치고 나서 한 30분쯤 지났을 거야. 소형 트럭 한 대가 주차장 입구로 들어와 우회전한 뒤 도심 방향으로 핸들을 틀었어. 트럭 짐칸은 이미 사람들로 만원사례였는데, 고맙게도 내 엉덩이 붙일 공간을 내어준 거야. 네 형제와 그들의 자녀들, 자녀들의 동네 친구들까지 모두 모여 큰형의 새 차 구입을 축하하기 위해 시승식을 즐기고 있었어. 고대하던 차를 뽑았는데 얼마나 행복한 순간이겠어. 웃음꽃이 끊이지 않더라. 나도 덩달아 꽃을 피웠지. 큰형의 존재 자체가 동네의 자랑인 것 같았어.

대화의 상대는 네 형제 중 막내라고 자신을 소개한 남성이었는데, 내게 '왜 동티모르에 왔느냐'고 묻는 거야. '다른 좋은 나라도 갈 곳도 많은데 왜 하필 자기 나라에 왔느냐'고 말이야. '여행을 하기 위해 왔다'고 대답했지. 한데 남성에겐 형식적인 내 말이 특별하게 들렸나 봐. '비즈니스나 봉사활동을 목적으로 동티모르를 찾는 외국인은 많이 봤지만 여행을, 그것도 혼자서 온 외국인은 처음 봤다'고 하더라고. 그리곤 이 말을 덧붙였어. '우리나라에 관심을 가져줘서 기쁘다'고, '와줘서 고맙다'고 말이야. 하얀 이가 훤히 드러나 보이게 웃으면서 그는 분명 '환영한다'가 아닌 '고맙다'고 표현했어. 여행에서 만난 현지인에게 이런 표현을 들은 건 그때가 처음이었어. 생각해봐. 내 집을 찾은 친구나 지인에게 '와줘서 고맙다'는 말은 흔하게 하잖아. 그에겐 그의 나라가 집이었던 거야."

크리스에게 들려주고 싶은 이야기가 하나 더 있었다. 등대를 보기 위해 찾은 딜리항 인근 해변에서 한 소녀를 만났다.

"네가 그랬잖아. 등대 입구는 닫혀 있지만 관리인한테 허락을 받으면 오를 수 있다고. 사실이더라. 등대 입구에 서 있는 제복 입은 젊은 남성이 관리인처럼 보이기에 그에게 다가가 손짓발짓으로 의사표현을 했더니 친절하게 닫힌 문을 열어주더라. 그의 에스코트를 받으며 등대 꼭대기에 올랐지. 해질 무렵 꼭대기에서 바라보는 도시의 전경은 뭐랄까, 아름답다는 표현보다는, 특별했어. 그것을 보고 느낄 수 있는 자유는 어쩌면 이방인이라서 누릴 수 있는지도 모르겠다는 생각이 들었어. 등대와 작별한 뒤 해변 바윗돌에 앉아 막바지 일몰을 감상하고 있었는데, 한 소녀가 바윗돌의 나머지 빈 공간을 채웠어. 가방에서 노트를 꺼낸 소녀는 무언가 적기 시작했고, 이 도시의 풍경을 보고 느낄 수 있는 자유가 소녀에게도 가능한 것인지 궁금했어."

내가 가진 상냥함을 최대치로 끌어올려 나는 조심스럽게 소녀에게 말을 걸었다. 무엇을 적고 있는지 관심을 나타내자 소녀는 매일같이 해질 무렵이면 이곳에 앉아 일기를 쓴다고 했다. 소녀가 딜리에서 가장 좋아하는 장소라고 소개했다.

우리는 서로 통성명을 했다.

“소녀의 이름은 아브란테스였어. 소녀가 가장 좋아하는 그곳이 소녀에게 어떤 의미인지 물었지. 머뭇거리던 소녀는 ‘평화, 희망’ 같은 단어가 떠오른다고 했어. 소녀에게 딜리는 어떤 도시인지도 물었어. 자신이 태어나고 자란, 앞으로 살아갈 도시라고 말했는데, 아직 딜리도 동티모르도 딱 잘라 정의 내릴 수 없다고 하더라. 시간이 필요하다고 말이야. 도시도 나라도 가진 게 없기 때문이라면서. 소녀가 덧붙이길, 몇 개월 전 동티모르 네 번째 대통령이 선출됐는데, 시간이 가면 갈수록 사람들은 자꾸만 새 대통령이 일을 잘하나 못하나 판단하려고 든다는 거야. 소녀는 반대 입장에 있었어. 잘잘못을 따질 형편이 아직은 못 된다고 했어. 동티모르에는 대통령만 있다는 거야. 각 정부부처나 관계기관, 지자체 등의 시스템이 갖춰져 있지 않다는 거지. 그러니 소녀의 말마따나 시간이 필요하고. 게다가 같은 나라 같은 장소에서 태어나 자랐지만 할아버지, 아버지, 아들 각 세대마다 언어도 문화도 다르니까. 소녀에게 딜리는 그런 곳인 거야.”

포르투갈 식민통치 아래 살아온 조부모 세대는 포르투갈어와 그 나라의 문화를, 인도네시아 식민통치 아래 살아온 부모 세대는 인도네시아어와 그 나라의 문화를, 독립국으로

서 동티모르 국민으로 살아가고 있는 자식 세대는 이들의 자국 언어인 테툼어와 그들만의 문화를 습득하고 사용한다는 게 아브란테스의 설명이었다. 전 세대를 한데 아우르고 통합하는 데도 시간이 필요해 보였다.

크리스와 내가 본 신생 독립국의 '독립'은 아직까지 현재진행형이다. 우리의 경험담이 일부 단편적인 이야기일 수 있지만, 신생 독립국의 전부를 보여줄 수는 없지만, 우연히 만난 현지인들을 통해 그들의 일상을 엿볼 수 있었다는 것만으로 감사했다. 그러고 보니 크리스토 레이 주차장에서 나를 태워준 남성이 내게 동티모르에 온 소감을 물었었다. 자기 나라가 여행자에게 좋은 나라로 받아들여졌으면 하는 간절한 마음이 질문에 담겨 있었다. 그 당시 딜리에 온 지 이틀밖에 되지 않았고, 좋은 것과 안 좋은 것의 기준이 일단 모호했고, 딱히 할 말이 없기도 했고, 그래서 만든 답변은 "신생 독립국을 직접 눈으로 보고 경험할 수 있게 되어 기쁘다"였다.

그때는 당연하게 생각했다. 한 나라에 발을 들이고 여행을 하는 행위는 여행자 뜻대로라고, 마음먹은 대로 어디든 누구든 눈으로 보고 경험할 수 있다고 생각했다. 크리스의 생각도 다르지 않았다. 북한이란 나라를 자신의 눈으로 직접 보고 싶었고, 주변 사람들에게 보여주고 싶었다던 크리스의 생각은 여행자가 가질 수 있는 당연한 포부였다. 그러나 안타깝게도 크리스의 포부는 뜻대로 되지 않았다.

"천 달러 넘는 어마어마한 비용에는 이유가 있었어. 일정 내내 평양에서 내로라하는 5성급 호텔과 레스토랑에서 자고 먹고 했으니까. 인생에서 5성급 호텔에 묵은 건 처음이라서 분명 다른 나라와 견주면 5성급 축에도 못 끼는 호텔이겠지만, 비교 대상이 없는 처음이니까 황제가 된 기분이더라. 여행자를 최고급 호텔과 식당에만 머무르게 하는 북한의 전략에는 외화를 벌어들이고자 하는 목적 외에도 여러 이유가 있겠지만, 무엇보다 외국에서 온 귀한 손님을 안전하게 모시기 위한 배려처럼 그럴싸하게 포장하고 싶어서인 것 같았어. '외국인 동지 보십시오! 북한이 이렇게나 잘 먹고 잘 산답니다! 우리 민족은 최고급 호텔과 레스토랑만 취급한답니다!'와 같은 보여주기 식 느낌이 강했지. 하지만 호텔과 가는 식당마다 직원들 외엔 손님으로 보이는 북한 사람이 한 명도 없는 데다 오로지 방문객을 위해 조성된 장소 같아 보였는데 그들의 전략을 믿는 멍청한 외국인이 어디 있겠어. 차라리 장소마다 북한 사람들 몇몇 심어놓고 '북한의 일상 자체가 최고급이다' 뭐 이렇게라도 마케팅을 했어야지. 잘 먹고 잘 사는 북한을 자랑하고 싶었다면 말이야. 그냥 자기네 나라를 위한 북한다운 전략이었던 거야. 씁쓸하지? 씁쓸했어. 관광지도 사정은 같았어. 북한이 과시할 수 있는 최고의 건축과 장식을 뽐내고 있는 장소들만 관광객을 허용하고 있었어. 어차피 여행사에 의해 모든 시나리오가 정해져 있었고, 그걸 어느 정도 예상은 하고 갔지만 막상 겪어보니 비참했어. 어느 것 하나 내 뜻대로 되지도 않고 하지도 못한다는 사실이 얼마나 비참한 일인지 실감했어."

그 비용에는 일정 내내 크리스의 뒤를 쫓은 경찰관 한 명의 수고도 포함되어 있었다. 크리스의 일거수일투족을 감시하는 것이 경찰관의 임무였다.

"처음엔 경찰관이 가면을 썼다고 생각했어. 매번 같은 표정을 짓고 있었거든. 살아 있는 사람이 아닌 것처럼. 한데 그의 표정이 바뀌는 순간이 있었어. 내 손에 카메라가 쥐어질 때 그의 미간에 힘이 더 실리는 것 같더라. 사진을 찍을 수 있는 범위나 장소, 앵글의 각도 등을 자기가 디테일하게 정해줘야 했는데, 그 기준을 벗어나지는 않는지 감시하는 일이 어디 쉬운 일이겠어? 표정에 긴장이 더 실릴 수밖에. 어쩔 땐 사진을 찍으면 곧장 경찰관에게 검사를 받아야 하는 경우도 있었어. 내가 찍은 사진이 그의 기준을 벗어나면 바로 삭제 버튼을 눌러야 했어. 북한이, 아니, 존경하는 최고위원장께서 외부에 드러내고 싶어 하시지 않는 모습이 사진에 담겨 해외로 널리 퍼졌다고 생각해봐. 그렇게 되면 경찰관은 이미 이 세상 사람이 아닌 거지.”

크리스는 현실을 깨달았다. 여느 나라와 달리 북한을 보고 느낄 수 있는 자유는 이방인이라도 불가능한 행위였고, 경찰관의 철저한 감시 아래 일상을 영위하는 북한 사람과의 우연한 만남이나 자연스러운 대화가 완벽하게 차단된 냉혹한 여행의 현실을 받아 들여야 했다.

“자유가 없는 건 아니었어. 내 두 눈으로 그들을 바라보는 건 내 자유니까. 경찰관이 내 눈까지 감시하고 멀게 할 수는 없는 거잖아. 상황이 주어질 때마다 지나치는 북한 사람들의 얼굴과 표정, 몸짓 등을 살피려고 애를 썼어. 지금 생각하면 나는 그들의 밝은 면만 찾고 싶었나 봐. 왜 아니겠어? 내 머릿속엔 온통 ‘언론을 믿지 않아, 여행을 믿을 거야’라는 말만 되풀이되고 있었으니까. 언론에서 떠들어대는 ‘팩트’의 반대를 찾아야 했어. 찾고 싶었어. 그런데 슬프게도 반전은 없었어. 며칠 동안 내 눈으로 본 북한 사람들은 지극히 소수에 불과하겠지만 그들의 얼굴과 표정, 몸짓 그 어디에서도 밝은 기운이 느껴지지 않았어. 잔뜩 움츠러든 데다가 긴장한 모습이 역력할 뿐이었어. 슬프지? 슬펐어. 내가 그들의 실상을 잘

못 본 거라면 좋겠어."

나는 크리스의 눈을 잘 안다. 어떠한 편견도 담을 줄 모르는 눈. 사람과 사물을 있는 그대로 볼 줄 아는 눈. 자신이 생각하는 바를 표현할 수 있는 눈. 차별 없이 다양한 국적과 인종을 바라보기 위해 노력하는 크리스의 시각은 내가 카우치 서핑을 하면서 얻은 가장 큰 경험이자 수확이었다.

북한 여행의 결말이 반전을 이루지 못한 건 아쉬웠지만, 크리스가 지금껏 여행한 어느 나라와 북한의 실제 상황을 비교하는 자체가 불가하다는 데 우리는 심심한 위로를 품었다. 북한의 최고 통치자만이 승인할 수 있는 여행의 시나리오가 존재하지 않았다면, 크리스를 쫓는 경찰관의 감시가 없었다면 다른 결말과 반전을 맞았을 수도 있었을 것이다. 크리스와 나는 동티모르 여행의 경험담을 늘어놓으면서 몇 번이고 "이곳에 오지 않았다면 절대 몰랐을 것"이라는 말을 되풀이했다. 물론 긍정적인 의미에서 반복된 말이었다. 소중한 경험을 쌓은 감사한 마음에서 우러나온 말이었다. 북한 여행의 경험담을 나누는 대화에서도 크리스와 나의 반응은 같았다. 결과에 상관없이 크리스가 그곳을 여행할 수 있었다는 사실에 기뻤고, 공유의 대상이 나라는 사실에 감사했다.

국적이 중요해?
나는 서쪽의 거친 바람에서 왔어.

내 입장에서는 단순한 호기심이었다. 크리스로부터 처음 카우치 서핑 요청 메시지를 받았을 때 그의 프로필 어디에서도 국적에 관한 정보를 찾을 수 없었다. 현재 거주지가 일본 도쿄로 표시되어 있었지만 그의 겉모습은 아시아인과 거리가 멀었다. 게스트의 국적을 반드시 알아야 하는 건 아니었지만 그냥 궁금했다. 이런 경우는 처음이었고, 그것이 궁금증의 원인이 될 수 있다고 생각했다. 쓸데없는 생각이었다. 그 사실을 크리스에게 묻기 전에 미리 알았더라면 좋았을 거였다.

크리스가 정릉동 작업실을 찾기 전, 우리는 꽤 자주 오래 왓츠앱으로 대화를 나눴다. 평소와 달라도 너무 다른 게스트와의 교류였다. 일반적으로 게스트와 사전에 메시지를 주고받으며 개인적인 대화를 하는 경우는 거의 없기 때문이다. 크리스와는 그냥 이유 없이 이미 만난 사이처럼 자연스럽게 대화가 술술 이어졌다. 적극적이고 의욕 넘치는 크리스의 성격이 우리의 대화를 이끌었다.

어느 날 대화가 어느 정도 무르익었을 때 나는 나의 궁금증을 조심스럽게 크리스에게 내보였고, 그로부터 건네받은 메시지는 '나는 서쪽의 거친 바람에서 왔어'였다. 처음엔 그 문장을 농담으로 받아들였다. 뒤따라 진짜 문장이 등장할 거라 예상했기 때문이다. 하지만 곧이어 그 아래에 뜬 새 메시지에는 물음표가 딸린 질문이 적혀 있었다. 이전 대화와 전혀 상관없는 질문이 내게 던져졌다. 크리스는 대화의 방향을 바꾸고 있었다. 아니 바꾸고 싶었던 거였다.

그 정도 눈치는 있었다. 국적을 밝히고 싶지 않은 말 못 할 사정이 크리스에게 있을 거라 짐작했다. 단순 호기심으로 접근했다간 자칫 선을 넘는 오류를 범할 수 있었다. 대면하지 않고 가상의 세계를 통해 그 점을 확인한 것이 어쩌면 다행일 수 있다고 생각했다. 표정 관리에 어리숙한 나인지라 대면한 상태였다면 금세 들통났을 게 뻔하다. 다행히 쪽팔림은 면했다.

처음으로 얼굴을 마주한 날, 크리스는 마치 왓츠앱 대화창에서 막 빠져나온 사람 같았다. 가상의 세계와 현실의 세계에서 크리스는 동일 인물이었다. 첫 만남의 반가움은 그래서 곱절 이상이었다. 일본에서 마셜아티스트로 일하는 크리스는 성인이 되자마자 영국에서 일본으로 거처를 옮겼다. 아니 탈출했다. 보호자의 동의 없이 모든 것을 혼자 해결해야 했기에 크리스에겐 '만 18세'란 타이틀이 반드시 필요했다. 아르바이트로 악착같이 돈을 모으고 바라던 타이틀까지 손에 쥔 그는 드디어 원하지 않는 세상과 작별했다. 드디어 자신이 원하는 세상에서 자유를 얻었다.

대학은 미국에서 나왔다. 미국 국적자인 크리스가 대학 진학을 위해 일본 대신 미국을 택한 데는 경제적 이유가 컸다. 그는 대학에서 디자인과 마셜아트를 전공했다. 대학 졸업 후 어느 날 크리스에게 흥미로운 아이디어가 떠올랐다. 곧장 알래스카와 하와이를 포함한 미국 전 지역을 방문하는 여행 계획을 세웠고, 각 도시의 랜드마크를 배경으로 마셜아트를 선보이는 퍼포먼스를 기획했다. 이를 영상으로 담아 각각의 도시를 하나로 연결해 미국을 이루는 형태로 만들겠다는 아이디어가 떠올랐다. 예를 들어 미국 각 주나 도시의 배경이 장면마다 바뀌지만 크리스의 퍼포먼스는 계속 연결된 형태를 취한다. 다시 예를 들면 로스앤젤레스를 상징하는 할리우드 배경에서 텀블링을 시작해 라스베이거스의 랜드마크 앞에서 착지하는 식이다.

미국 편Chris Across America을 시작으로 그의 프로젝트는 남미와 홍콩으로 이어졌고, 미국과 마찬가지로 각각 남미 편Chris Across South America과 홍콩 편Chris Across Hong Kong에서도 대륙별 나라와 도시를 잇는 그의 퍼포먼스가 하나의 영상으로 완성되었다. 이제 아시아의 모든 나라가 퍼포먼스의 배경이 되어 그의 영상에 담길 차례였다. 서울의 랜드마크를 찾아온 크리스가 정릉동 작업실에 짐을 푼 이유였다.

사실 대면도 하기 전에 크리스와 친해질 수 있었던 건 영상을 통해 그를 먼저 접해서였다. 왓츠앱을 통해 그가 보내준 미국 편 영상을 보면서 나는 제일 마지막 장면을 수도 없이 반복 재생했다. 마지막 장면에 적힌 '모든 것은 연결되어 있다'라는 문장에서 크리스라는 사람이 가진 생각과 메시지를 명확히 전달받을 수 있었고, 그의 표현과 감정을 몇 번이고 계속해서 느끼고 싶었다. 그러면서 나도 모르게 그의 사생활과 관련된 궁금증이 생겨났다. 이번엔 단순 호기심이 아닌 그와 그의 삶을 존중하고 동경하는 마음에서 비롯된 궁금증이었다. 대체 어떠한 인생을 살아왔고, 또 살고 있기에 이런 생각과 메시지가 만들어진 것인지 나는 몹시 궁금했다.

크리스가 영국에서 일본으로 옮겨간 일을 '이동'이 아니라 '탈출'이라고 표현한 의도가 궁금했지만 나는 묻지 않았다. 크리스가 영국을 탈출할 때 보호자의 동의 없이 비행기를 타야 했다고 말했을 때 "왜?"라고 나는 묻지 않았다. 크리스가 미국 국적자이고 미국에서 공부했다는 이야기를 들었을 때도 "왜?"라고 나는 묻지 않았다. 크리스가 구사하는 영어에서 영국식 억양도 미국식 억양도 아닌 낯선 억양이 느껴졌지만 나는 그것을 묻지 않았다. 아주 몹시 대단히 궁금했던 건 사실 그의 영상에 적힌 '모든 것은 연결되어 있다'는 메시지의 배경이었지만 그 이유를 나는 묻지 않았다.

크리스와 며칠의 시간을 보내고 난 뒤 내가 가진 그에 관한 궁금증의 양이 너무 커져가고 있었을 때 다행인지 불행인지 그것을 해소할 기회가 찾아왔다. 어느 날 우리의 대화에서 '국적'이 다시 수면 위로 떠오른 것이다. 대화의 시작은 크리스였다.

"왜 호스트들은 게스트의 국적을 궁금해하는 걸까? 왜 내게 가장 먼저 그걸 묻는 걸까? 그게 나를 게스트로 수락하는

데 어떤 영향을 미치는 걸까?"

그의 말은 옆에 있는 나를 향해 던지는 질문이라기보다 그 자신에게 읊조리는 혼잣말처럼 들렸다.

"이런 질문을 듣지 않으려면 프로필에 국적을 표기하는 게 좋을까?"

이건 확실히 내게 던지는 질문처럼 들렸다. 주저하지 말고 답을 해야 했다.

"앞으로 만날 호스트로부터 같은 질문을 받고 싶지 않다면 말이야. 같은 대답을 반복하고 싶지 않다면 말이야. 그렇다면 국적을 표기하는 게 좋을 것 같아. 내 생각은 그래."

"사실 네 말이 맞아. 더 이상 같은 질문을 받고 싶지도 않고, 같은 대답을 반복하고 싶지도 않아. 근데 어느 나라로 국적을 표기해야 할지 모르겠어."

"너는 미국 국적자 아니야?"

"그건 사실 나를 키워준 부모의 국적이지. 내 것은 아니야."

"응?"

"양부모의 국적에 따라 자연스럽게 미국인이 되었다는 말을 하는 거야. 그들이 갓난아기인 나를 입양했거든."

크리스는 입양아였다. '어느 나라'로 표현된 그의 국적은 양부모로부터 받은 미국과 그를 낳아준 친부모로부터 받은 아일랜드 두 가지를 의미했다.

"처음에는 프로필에 '아일랜드'라고 국적을 표시했어. 한데 다시 생각해보니까 말이 안 되는 것 같았어. 친부모를 알지도 못하고 본 적도 없는 데다 아일랜드에 살아본 기억도 없거든. 미국으로 바꿀까 하다가 그것도 말이 안 됐어. 양부모의 울타리가 싫어서 도망쳐 나왔잖아. 차라리 빈칸으로 두는 게 말이 되는 것 같았어."

이것으로 크리스의 사생활에 관한 모든 궁금증이 한꺼번에 풀렸다. 다리가 풀려 주저앉는 기분이 가슴을 때렸다.

"너도 내게 국적을 물어봤잖아. 어느 정도 우리가 친해지고 난 다음에 말이야. 다행이라 생각해. 앞서 말한 것과 너의 상황은 다르다는 말을 하는 거야."

고마운 말이었다. 크리스다운 표현이었다.

"그냥 국적이 궁금했던 거지? 다른 의심이 들었던 건 아니었잖아?"

"그럼, 다른 의심이 들 게 뭐가 있겠어."

그때 한 가지 중요한 사실을 깨달았다. 단순한 호기심에서 접근해도 되는 것이 있고, 그렇지 않은 것이 있다는 것을. 크리스의 국적을 궁금해했던 내가 그에게 던진 질문은 처음부터 잘못된 거였다. 단순한 호기심이 질문의 출발이었으니까. 이토록 중요한 진리를 크리스를 통해 깨달을 수 있어서 기쁘고 감사했다. 내게는 지극히 기본적인 사항이 타인에게는 그렇지 않을 수 있다. 소중한 내 친구 크리스의 경우가 그랬다.

"나 결정했어."

얼마간의 정적을 깨고 크리스가 다시 말을 걸어왔다. 그가 내게 보여준 프로필에는 국적이 표기되어 있었다. 아일랜드였다.

"가만히 생각해봤어. 미국은 양부모로부터 받은 거지만 아일랜드는 친부모로부터 받았다기보다 태생과 동시에 내게 주어진 거였잖아. 어차피 여권상 아일랜드가 국적은 아니지만 근본적으로 따진다면 그게 말이 되지 않을까 싶어서."

크리스는 자신만의 근본을 만들어 근본으로 돌아갔다. 크리스다운 결정이었다. 앞으로 그의 근본이 낯선 이들에게 호기심의 대상으로 소비되지 않기를 바랐지만 혹여 그렇게 되지 않더라도 상관없었다. 크리스다운 생각이 낯선 이들이 놓치고 있을지 모를 인식의 근본을 되찾아줄 것이라 믿기 때문이었다. 크리스로 인한 내 인식의 확장은 결국 모든 것과 연결되어 뻗어나갔고, 이렇게 나는 또 하나를 배웠다.

어서 타요.
내가 할 수 있는 일을 하는 거예요.

파리로 가는 길

취재를 하는 직업 특성상 이 사람 저 사람 만나고, 이곳저곳 갈 기회가 많이 생긴다. 취재가 아니었으면 충남 서천에도 '판교역'이 있다는 사실을 몰랐을 것이다. 며칠간 맑고 청명한 날씨를 유지하던 겨울의 하늘은 취재 하루 전날에 맞춰 흰 눈을 뿌려줬다. 항상 이런 식이다. 이동이 필요한 날에는 비가 오거나 눈이 오거나 바람이 불거나. 하늘의 마음이 내 편이었던 적이 몇 번이나 있었을까? 그래도 이동수단이 기차라서, 그것으로 내 편을 만들고 나면 하늘을 용서하게 된다. 항상 이런 식이다. 나 혼자 북 치고 장구 치고.

판교역에 정차한 기차는 사람들이 내리자 재빨리 문을 닫고 출발 소리를 뿜어냈다. 정차 시간과 역의 규모는 비례하는 법이다. 출구로 향하는 사람의 수가 손가락 수와 맞먹는 것 같았다. 에스컬레이터에 올라타자 앞에 있는 할머니가 나를 향해 고개를 돌리며 말을 걸어왔다.

"아가씨, 저 끝에 가면 이것 좀 나랑 같이 들어줄 수 있을까? 타는 건 괜찮은데 내리는 건 아무래도 무서워."

할머니의 보따리를 들자마자 저 아래에서 할머니가 혼자 어떻게 에스컬레이터를 탔을까 싶은 생각이 들었다.

"아가씨, 고마워. 여기서부터는 나 혼자 가면 돼."

할머니의 보따리 무게를 인지하고선 그냥 내 갈 길을 갈 순 없었다.

"할머니 어디로 가세요? 집으로 가세요? 댁이 어디세요? 제가 들어다드릴게요."

"아니야. 무거워서 안 돼. 나 혼자 가면 돼. 예쁜 옷 더러워지면 어떡해."

"할머니 혼자 이거 들고 가시면 오늘 안에 집에 못 가세요."

한사코 거절하는 할머니에게서 보따리를 뺏어 들고 앞장서 걸었다. 할머니의 집이 역과 멀지 않은 곳에 있어서 그나마 다행이었다.

“이거 감사해서 어쩌나. 이렇게 고마워서 어째. 너무 고마운 사람이네. 일하러 가야 하는데 나 때문에 늦은 거 아닌가 모르겠어. 정말 고마워서 큰일 났네.”

“할머니 제가 할 수 있어서 한 것뿐이에요. 고마워하지 않으셔도 돼요.”

물론 할머니를 도와야 한다는 마음도 있었지만 상황상 내가 할 수 없었다면 보따리를 들고 할머니를 앞장서 걷지 않았을 것이다. 할머니의 걱정이 무색하게 나는 계산대로 제시간에 맞춰 취재 장소에 닿았고 예정대로 일을 마쳤다.

서울로 돌아가는 길, 판교역에서 영등포행 기차를 기다리며 문득 파리로 가던 길이 생각났다. 그러고 보니 내가 할머니에게 건넸던 말이 파리로 가던 길에 내가 들었던 말과 토씨 하나 다르지 않고 똑같았다. 내 앞에 차를 세운 그 운전자도 나와 같은 심정이었을까? 그녀의 말과 행동이 한참이 지난 그때서야 퍼뜩 이해가 갔다. ‘도움’이 아닌 ‘할 수 있는 일’이라고 표현했던 그녀의 말이 그제야 깊이 와닿았다.

파리로 가는 길, 벨기에 남부 지역 몽스에서 히치하이킹을 시작했다. 히바쥬광장 인근까지 가는 첫 번째 차량에 탑승해 내린 뒤 그곳에서 다시 달리는 차량을 향해 엄지손가락을 치켜세웠다. 오른손엔 'PARIS'라고 쓴 팻말이 들려 있었다. 하지만 한 시간이 넘도록 차량은 나타나지 않았다. 두어 번 차량이 서긴 했지만 운전자가 모두 남성이었다. 혼자 히치하이킹을 할 때 가급적 여성 운전자를 찾는 것이 스스로 정한 규칙 중 하나였다. 유동 인구가 많지 않은 소도시인 데다 대부분 업무에 열중해야 하는 평일 오후여서인지 프랑스 국경으로 가는 차량이 별로 보이지 않았다. 한 시간쯤 더 지났을까. 뜨거운 햇볕을 피해 잠시 쉬고 있는데 느닷없이 차량 한 대가 내 앞에 멈춰 섰다. 여성 운전자였다. 쉬는 와중이라 엄지 손가락도 팻말도 보지 못했을 운전자가 놀랍게도 내 상황을 정확히 알고 있었다. 히치하이킹을 하고 있다는 것을, 파리가 목적지라는 것을.

"한 시간 전에 이 도로를 지나가면서 당신을 봤어요. 어서 타요. 여기 계속 있어봤자 파리 가는 운전자 못 만나요. 여기서 7~8킬로미터 정도 가면 고속도로 휴게소가 나와요. 프랑스로 넘어가는 차량 대부분이 그 휴게소를 지나치니까 거기서 히치하이킹을 하는 게 훨씬 쉬울 거예요. 어서 타요. 휴게소까지 데려다줄게요."

그녀를 만나 다행이라는 생각이 들었지만, 그녀 말대로 휴게소에서 히치하이킹을 하는 것이 나을 거라는 생각이 들었지만 그녀의 청을 수락하는 건 스스로 정한 규칙과 맞지 않는 결과였다. 목적지의 방향이 다른데 일부러 나를 데려다주는 운전자를 찾고 싶진 않았다.

"말은 고맙지만 당신 시간을 뺏고 싶진 않아요. 그 대신 당신이 언급한 그 휴게소 이름이 뭔지 알려줄 수 있어요? 아니에요. 당신이 팻말에 휴게소 이름을 적어주는 게 더 빠르겠네요. 이제부터라도 휴게소 방향으로 가는 차량을 찾아봐야겠어요."

"휴게소 이름 적는 거야 뭐 별거 아니지만 그보다 지금 당신을 데려다주는 게 내 시간을 뺏는 게 아니에요. 내가 할 수 있는 일을 하는 거예요. 어서 타요. 휴게소까지 5분도 안 걸려요. 어서요."

나는 어안이 벙벙한 채로 뒷좌석에 가방을 싣고 보조석에 엉덩이를 집어넣었다.

"아까 점심 먹으러 가는 길에 당신을 태우고 휴게소까지 갔더라면 지금쯤 국경을 넘었을지도 모르겠네요. 한 시간도 더 된 것 같은데 당신이 거기 그대로 있을 거라곤 생각 못 했어요. 반대편 차선에서 당신을 보자마자 바로 차를 돌렸어요. 시계를 보니 휴게소에 들렀다 회사로 돌아가도 시간이 충분할 것 같았거든요. 그래서 내가 할 수 있는 일이라고 말한 거예요. 부담 느끼거나 고마워하지 말아요."

그 당시에는 그녀의 영어를 내가 잘못 알아들은 게 아닐까 생각했다. 벨기에 문화에선 누군가를 돕는 마음을 이렇게 표현하는 건가 싶었다. 내가 할 수 있는 일이 누군가에게 도움이 될 수 있다는 것을 이제 나는 확실히 알았다. 할머니의 보따리를 들었던 그 순간의 나는 비로소 가벼워졌다. 나의 생각도, 나의 발걸음도.

일흔둘의 삶도 아직까진 현재진행형이야.

인도의 산타클로스

"효짱! 효짱! 효짱! 어서 이리 와봐. 사람들이 우리 때문에 싸우고 있어."

찌렁찌렁하게 나를 부르는 시게코의 목소리가 순간 다른 사람의 것처럼 느껴졌다. 그 낯선 음색을 따라 한달음에 달려간 그곳에선 시게코의 말대로 노숙자 간에 몸싸움이 벌어지고 있었다. 음식을 받은 사람들과 그러지 못한 사람들 사이에서 음식을 뺏기지 않으려는 열망과 음식을 뺏으려는 열망이 한데 뒤섞여 몸싸움으로 번진 상태였다. 싸움의 원인은 시게코의 말대로 '우리' 때문이었다.

요가 수업 첫날 젊은이들 사이에서 매트를 깔고 앉아 있는 시게코를 보곤 호기심이 일었다. 수업이 진행되는 동안 그녀가 보여준 탁월한 유연성은 '도대체 저 사람 정체가 뭘까?' 하는 궁금증을 일으켰다.

대략 키 150센티미터 몸무게 40킬로그램 안팎의 왜소한 체구, 머리 전체를 하얗게 뒤덮은 머리카락, 주름진 얼굴과 손. 그래도 시게코가 칠순이 넘은 나이일 거라고는 생각지 못했다. 그렇게 요가의 탄생지 인도 리시케시에서 시게코를 처음 만났다. 같은 아쉬람(힌두교도들이 수행하며 거주하는 곳이자 요가와 명상을 하며 참선하는 곳)에 묵으며 매일 하루 두 번 요가 수업에 참여하는 시게코와 나는 모범생은 아니지만 개근상에 빛나는 클래스메이트였다.

또 한 명의 클래스메이트인 일본인 에이지를 통해 시게코와 관계를 텄다. 일흔둘의 나이, 일본 집을 나선 지 두 달째, 태국을 시작으로 인도와 유럽 대륙까지 반년이 넘는 여정을 계획 중인 시게코. 간호사로 평생을 살아온 그녀가 여행을 계획한 이유는 단순했다.

"은퇴하고 나서 딱히 할 일이 없었어. 남편도 자식도 없거든. 하루하루가 너무 심심해서 여행을 시작했어."

인도에 온 목적도 단순했다.

"죽기 전에, 더 늦기 전에 요가와 명상을 배우고 싶었어. 인도가 그것들의 기원이 되는 곳이잖아. 그래서 왔어."

하지만 그녀에게 여행의 재미는 결코 단순하지 않았다.

"가장 재미있는 건 사람이지. 늙은이가 일본에만 있었다면 효짱 같은 젊은 외국인을 만날 수나 있었겠어? 인도에 이렇게 노숙자가 많고 열악한지도 모르고 강가의 풍경이 황홀하리만치 아름다운지도 모르고 그냥 하늘나라로 갔겠지. 요가에 재능이 있다는 것도 여기 와서 깨달았고, 태국 전통 음식이나 인도 음식이 내 입맛에 잘 맞는다는 것도 떠나왔기 때문에 알게 됐어. 칠십 넘게 살아왔는데, 인생의 막바지에 이르렀는데 말이야. 여행을 통해 나도 몰랐던 새로운 나 자신을 발견할 때마다 일흔둘의 삶도 아직까진 현재진행형이구나 깨닫게 돼. 이 나이에도 새로운 것에 재미를 느낄 수 있다는 사실이 감사할 따름이지."

시게코와 나는 요가 수업이 끝나면 매일같이 에이지의 사랑방에 모여 밥을 먹고 차를 마시며 시간을 보내곤 했다. 칠십 넘은 사람과 서로 이름을 부르며 '친구'가 될 줄 생각도 못 했다.

"효짱, 엊그제 바나나 먹다가 틀니로 낀 치아 하나가 빠져버렸어. 땅바닥을 열심히 살펴봤지만 아직까지 찾지 못했어.

아무래도 바나나에 미끄러져서 내가 꿀꺽한 것 같아. 이틀 동안 화장실에서 힘써봤지만 여전히 찾지 못하고 있어."

웃을 때 빠진 치아의 빈 자리가 보여서 입을 가리고 웃어야 하는 게 힘들다던 시게코의 말은 내 인생에서 처음으로 '유쾌한 노년기'를 마주하게 했다. '유쾌'와 '노년' 두 단어가 공존할 수 있다는 사실을 나는 시게코를 통해 배웠다. 우린 그렇게 서로의 다른 시간을 함께 채워갔다.

"효짱, 다리 건너 시내에 있는 로컬 시장 가봤어?"

"아직이요. 시장이 있다는 얘기는 들었는데, 시게코 상은 가봤어요?"

"오전에 에이지랑 같이 장보고 왔어. 효짱도 같이 갈 걸 그랬네. 오늘 시장에서 흥미로운 걸 봤거든. 글쎄, 로컬 사람들이 상점과 길에서 크리스마스트리랑 소품을 대놓고 팔고 있었어. 얼핏 캐럴도 들렸어. 인도 사람들도 산타클로스를 기다리나 봐."

크리스마스가 일주일 앞으로 다가온 날, 아쉬람 주변 거리엔 온통 산스크리트어로 된 음악이 울려 퍼지고 있었다. 아쉬람 주변이라서 그런지 캐럴은 둘째 치고 성탄절 분위기라곤 전혀 찾아볼 수 없었다. 시게코의 말이 아니었다면 한 해가 저물어가는 12월의 분위기를 하마터면 놓칠 뻔했다. 종교

를 믿지는 않지만 크리스마스가 찾아오면 한 해의 마무리와 함께 마음을 나누는 행위가 필요할 것 같았다.

"시게코 상, 크리스마스이브에 사람들에게 음식을 나눠 주면 어떨까 싶어요. 노숙자들한테요."

"음식을 만들어서?"

"그건 여건상 어렵고, 빵이랑 음료수, 과자, 과일 같은 걸 조금씩 봉지에 담아서요."

"나도 효짱과 함께 산타클로스가 될래."

사실 이 아이디어는 내 옆방에 묵고 있는 아니카에게서 얻었다. 오스트리아에서 온 아니카는 몇 달째 장기 투숙을 하는 여행자이자 수행자다. 이따금씩 거리에서 생활하는 여성이나 어린이들을 상대로 음식 나눔을 한다는 얘기를 아니카로부터 들은 적이 있던 터라 나도 하루지만 그녀가 되어보기로 결심했다. 나의 크리스마스 계획을 알게 된 아니카는 노숙자를 상대할 때 주의해야 할 몇 가지 당부의 말을 전하기도 했다. 첫째, 현지인의 눈높이와 물가에 맞춘 무조건 저렴한 가격의 먹거리를 살 것. 둘째, 무리 지어 있는 노숙자들한테는 절대 음식을 보이거나 주지 말 것. 셋째, 가급적 여성과 어린이를 공략할 것.

크리스마스이브 아침, 아니카의 조언대로 시게코와 함께

장을 봤다. 빵 한 개, 비스킷 한 줄, 주스 한 팩, 바나나 한 개, 알사탕 다섯 개를 작은 투명 비닐봉지에 담아 포장을 하는 데만 오전 시간이 훌쩍 지나갔다. 총수량 200개. 며칠 동안 시게코와 머리를 맞대며 고민한 끝에 나온 수치였다. 커다란 종이박스와 배낭 안에 빼곡히 채워진 완성품을 보면서 시게코와 나는 같은 생각을 했다. '이 많은 걸 언제 다 나눠 주지' 라고. 아니카로부터 얻은 정보대로 시게코와 나는 아쉬람 주변에서 가장 가까운 현지인 동네를 찾았다.

시게코의 다급한 목소리를 듣고 도착한 그곳에서 몸싸움을 벌이던 노숙자들이 갑자기 나를 향해 시선을 옮겼다. 정확히 말하면 내 손에 들려 있던 박스에 시선이 꽂혔다. 싸움을 멈추고 곧장 내 주위로 모여든 이들은 시게코의 박스에서 음식을 사수하지 못한 사람들에 속했다. 그들의 압력에 의해 내 손에 들려 있던 박스는 땅에 떨어져 뒤집어졌고, 상자 안에 있던 내용물이 와장창 쏟아져 나왔다. 잽싸게 내용물을 손에 넣은 이들의 퍼포먼스는 눈 깜짝할 새 막을 내렸다. 그리고 그들 가운데 또다시 두 그룹이 만들어졌다. 음식을 사수한 자와 사수하지 못한 자. 이제 그들의 관심거리는 더 이상 내가 아니었다. 운 좋게 여러 봉지를 낚아채 간 노숙자들 주위로 다른 노숙자들이 모여들었다. 음식을 뺏기지 않으려는 자와 뺏으려는 자 사이에서 또다시 언성이 높아지고 있었다. 몸싸움으로 번지기 전에 시게코와 나는 그곳 현장에서 재빨리 몸을 피하는 수밖에 없었다. 그렇게 우리가 준비한 그 많았던 성탄절 선물은 30분 만에 동이 나버렸다.

"효짱, 미안해. 그 사람이 혼자 있는 줄 알고 음식을 준 건데, 갑자기 천막 안에서 다른 노숙자들이 한꺼번에 나올 줄은 몰랐어. 내 잘못이야."

"미안해하지 말아요. 시게코 상. 내가 거기 있었어도 같은 상황이 벌어졌을 거예요. 시게코 상의 잘못이 아니에요. 어쨌든 우리가 계획한 대로 실행에 옮겼고 산타클로스가 되었으니 그걸로 된 거예요. 그것으로 나는 만족해요."

"효짱, 아리가또."

좋은 뜻으로 시작한 일이 예상치 못한 결말을 맺고 나자 시게코도 나도 당황스럽긴 마찬가지였다. 자신의 탓으로 돌리는 시게코를 위로하기 위해 아무렇지 않은 척 말은 했지만 뭔가 찜찜한 마음이 가시지 않았다. 방법이 잘못된 건 아닌가 싶은 생각 때문이었다. 어설프게 산타클로스를 자처한 것이 내 욕심은 아니었을까 하는 생각이 들었다.

리시케시에 오기 전 콜카타에서 머물렀을 때의 일이다. 여행자거리 끄트머리에서 천막을 치고 생활하는 노숙자들이 많았는데, 그중엔 갓난아기나 어린아이를 키우며 생활하는 가족도 눈에 많이 띄었다. 아기 엄마인 노숙자들은 젖먹이 아기를 앞세워 외국인들을 상대로 돈을 뜯어냈다. 인근에 거주하는 집이 따로 있으면서 일부러 노숙자 생활을 한다는 소문도 있었다.

한번은 그 길 맞은편 카페에서 시간을 보내고 있을 때였다. 한 외국인 여행자가 천막 앞 길가에 앉아 있는 어린아이에게 불쌍하다며 돈을 쥐여줬고, 곧장 아기 엄마가 다가오자 그 엄마에게도 돈을 건넸다. 외국인을 향해 환하게 웃어 보이는 아기 엄마를 보면서 뭔가 방법이 잘못된 건 아닌가 하는 생각이 들었다. 그것이 진짜 미소라고 한다면 그것만큼 불행한 미래는 그 도시에 없을 거였다.

그들에게 직접 돈을 건네는 행위가 오히려 그들을 망치는 행위일 수 있었다. 공식 기부단체가 생겨나고 사람들의 기부가 그곳을 통해 행해지는 이유는 이와 무관하지 않을 것이었다. 시게코와 내가 노숙자에게 건넨 건 돈이 아닌 음식이긴 하지만 그럼에도 그 방법이 잘못된 거였다면, 진짜에 가려진 그들의 가짜 미소를 만든 거였다면 사과는 내 몫이었다.

"시게코 상, 노숙자들을 직접 대면하고 음식을 선물한 게 옳은 선택은 아니었던 것 같아요. 생각해보니 이건 내 잘못이에요. 현지인들이 모여 사는 동네에도 미리 가보고 이것저것 철저하게 준비했더라면 그런 상황이 벌어지지 않았을 거예요. 미안해요."

"나는 옳은 선택이었다고 생각해. 효짱도 나도 새로운 것 하나씩 배웠잖아. 이 나이에도 배울 수 있다는 게 얼마나 좋아. 그거면 충분해."

어쩌면 시게코의 말대로 그것으로 충분했다. 선택의 옳고 그름을 논하는 것이 무의미해졌다. 저마다 선택할 수 있는 방법의 차이가 존재할 뿐. 시게코와 함께라서 나는 산타클로스가 될 수 있었다. 우리만의 이야기가 만들어졌고, 우리만의 깨우침을 얻었다. 결과적으로 그것이 내 선택의 가장 큰 결실이었다.

돈은 중요하지 않아요.
나를 보고도 모르겠어요?

여행과 돈

D의 첫인상은 놀라울 정도로 깔끔했다. 그를 치장하고 있는 외투와 바지, 신발, 배낭 등은 겉으로는 낡고 허름해 보였지만 케케묵은 체취는 느껴지지 않았다. D는 내 집에 닿기까지 동해에서부터 히치하이킹으로 달려왔고, 한국 이전에도 수개월 동안 히치하이커의 신분으로 길 위에서 보낸 시간이 길었다. 장기 여행자라면 흔히 갖고 있을 법한 특유의 냄새나 외형적인 조건이 그와는 딴 세상 얘기 같았다. D는 이제 막 집을 떠나 낯선 곳에 온 사람 같았다. 장기 여행자가 다 그런 건 아닐 테고, 단순히 장기 여행자를 바라보는 내 편

견일 수도 있겠지만, 그간 경험한 것들의 평균치가 기준점이 된다고 했을 때 내가 본 D의 첫인상은 그랬다.

어쨌든 다행이었다. 몇 주 사이에 내 집을 찾은 서퍼들이 하나같이 자신의 강렬한 체취를 집 안 곳곳에 남기고 떠나갔기에 이를 또다시 반복하고 싶지 않았다. 체취 얘기가 나왔으니 하는 말인데, '카우치 호스트로서 가장 힘든 점이 무엇이냐'는 질문을 받을 때면 나는 항상 '사람의 냄새'를 언급한다. 사람마다 쉬이 지울 수 없는 특유의 냄새가 있다는 것을 내 집에 사람을 들이고 나서야 정확히 깨달았기 때문이다. 땀 냄새나 발 냄새, 케케묵은 옷 냄새 같은 악취는 물론이고, 향수나 화장품 냄새 같은 향기도 취향이 다른 누군가에게 악취가 될 수 있다는 것을 서퍼들이 떠나고 난 뒤 알게 되었다.

2주 전 벨기에에서 온 서퍼는 침대와 이불 커버에 지독한 발 냄새를 잔뜩 묻히고 떠났고, 지난주 스페인에서 온 서퍼는 내가 모르는 사이 방에서 향수를 엎질렀는지 속이 거북할 정도의 달콤한 향을 곳곳에 뿌리고 떠났다. 그 이전의 경험에서도 사람의 냄새는 그가 떠난 후에도 꽤 오래 자리를 지켰다. 이런 상황이 생길 때면 나는 나의 과거 호스트를 떠올린다. 나에겐 어떤 냄새가 풍겼을까. 나는 어떤 냄새를 남겼을까. 내 집을 찾는 서퍼들이 자기 자신에 대해 아무 빛깔이 없는 무색인 건 싫은데, 무향 무취이면 좋겠다. 한데 내 기억 속에 이 모두를 충족시키는 서퍼는 없었던 것 같다. 단지 희망사항일 뿐이다.

D는 세 조건에 부합하는 희망사항의 주인공은 아니었지만 어느 정도 근사치에 가까운 인물이긴 했다. 자기 주관이 굉장히 뚜렷했고, 그가 떠난 뒤 집 안에 아무런 향도 여운도 남아 있지 않았으니까. 물론 좋은 의미에서 하는 말은 아니다.

새로운 서퍼가 집에 찾아오면 가장 먼저 식탁에 마주 앉아 서로의 배경을 나누면서 썰을 푼다. 사람만 바뀌었다 뿐이지 대화의 시작은 대개 비슷하다. 누구인지, 무슨 일을 하는 사람인지, 여행은 왜 하는지, 서울 혹은 한국 여행을 택한 이유는 무엇인지, 서울이 처음이라면 첫인상은 어땠는지, 서울에서 하고 싶은 것 혹은 기대하는 것이 있는지, 서울 이후의 여행 계획은 어떻게 되는지 등의 질문이 주로 식탁 위에 오른다. 정해진 레퍼토리가 있어서 서퍼를 처음 만난 어색함과 영어를 구사해야 하는 부담감을 조금은 덜 수 있다.

경험이 그래서 중요하다. 식탁 위에 놓인 질문이 하나씩 던져지면 그에 따라 서퍼는 답을 늘어놓는데, 그 혹은 그녀의 썰을 듣고 있으면 대략 어떤 성향인지 파악이 됐다. 신기하게도 매번 그랬다. 그들이 내 집을 떠나는 날까지 첫 느낌이 변한 적은 거의 없었다. 어디 가서 돗자리라도 깔아야 하나 싶다. '당신의 첫인상을 점쳐드립니다'라고 현수막을 내걸고서.

"당신은 누구인가요?"

"여행자예요."

"무슨 일을 하나요?"

"여행을 하고 있어요."

"여행을 하는 이유가 있나요?"

"그냥, 좋아서요. 나는 여행을 하기 위해 태어난 사람 같아요."

"서울을 목적지로 정한 이유가 있어요?"

"한국이 아시아에서 부자 나라여서요. 체류 비용에 따른 부담을 먼저 덜어내고 나면 다음 목적지부터는 여행이 쉬워질 거라고 생각했어요."

"서울의 첫인상은 어땠어요?"

"예상했던 것보다 훨씬 발전한 부자 도시인 것 같아요."

"서울에서 하고 싶은 것, 기대하는 것이 있나요?"

"이곳에서 무엇을 하든 상관없어요. 그저 내 예산을 초과하지 않으면 좋겠어요."

"서울 이후의 여행 계획은 어떻게 되나요?"

"필리핀으로 갈 예정이에요."

D가 내 집에 온 첫날, 여느 때와 같이 식탁에 마주 앉아 정해진 레퍼토리를 풀었다. D는 동유럽의 한 나라에서 왔다. 30대 중반인 그는 성인이 된 이후부터 여행에 죽고 못 사는 성향으로 성장했다. 계기는 단순했다. 청년들이 배낭 짊어지고 자유롭게 이 나라 저 나라 여행하는 것이 그의 나라에선 흔치 않은 일이었고, 그래서 그는 남들과 다른 길에 마음이 끌렸다. 자신이 선구자가 될 수도 있다고 믿었다.

대학을 다닐 때 학교 수업을 이유로 아르바이트에 매달려야 했던 D는 대학을 졸업한 후에도 여행을 이유로 여전히 파트타임으로 돈을 벌었다. 회사에 취직해 풀타임으로 근무하는 일반적인 직장 생활 경험이 전무한 그였다. 돈이 어느 정도 모이면 짐을 꾸렸고, 돈이 떨어지면 집으로 돌아가 다시 일을 했다. 그러나 한계가 있었다. 다른 유럽 국가와 비교하면 그가 아르바이트를 해서 받는 최저임금이 너무나 터무니없었다. 자국에서 먹고 생활한다면 모를까 그 임금을 가지고 서유럽이나 북유럽, 다른 대륙으로의 여행을 꿈꾸는 건 그의 현실과 동떨어진 얘기였다.

하지만 그는 선구자가 될 인물이 아니었던가? 물론 그가 스스로 만든 믿음에 빗대어서 말하자면. 그래도 방법은 있었다. 최소한의 예산으로 여행을 떠나 타지에서 일과 여행 사이의 경계를 무너뜨리자는 것이 D의 생각이었다. 다시 말해 여행지에서 얼마간 머무르며 일을 하고 노동 값 대신 숙식을 제공받는 것이다. 숙식과 더불어 약간의 현금을 손에 쥘 수 있다면 D로선 더 바랄 게 없었다.

처음 그의 생각이 실현된 건 핀란드 북부 한 시골 마을에서였다. 영하 20~30도를 넘나드는 혹한이 찾아오면 핀란드 북부에는 겨울 강추위 속에서 눈썰매를 즐기고 싶은 관광객이 전 세계에서 몰려든다. 시베리안 허스키나 순록이 끄는 썰매를 타고 눈길을 달리는 그곳에서 D는 농장 관리인으로 일했다.

"그때가 내 인생 최고의 여행이었어요. 돈이 있다고 하더라도 쉽게 갈 수 있는 곳이 아닌 데다, 쉽게 간다고 해도 비용이 어마어마하게 들 거예요. 그곳은 하얗게 눈 덮인 동화 같은 풍경이었거든요. 그런 곳에서 공짜로 먹고 자고, 또 관광객이 없을 땐 공짜로 마음껏 눈썰매를 타기도 했으니까요."

노동력을 제공하고 받은 것이기에 공짜라고 볼 순 없지만 D는 농장에서의 경험담을 이야기하면서 몇몇이고 '공짜'라는 말을 되풀이했다. 그는 아프리카나 남미 대륙을 여행할 때도 농장이나 지역 커뮤니티 시설 같은 곳에서 노동력을 제공하며 그의 표현대로 갖가지 '공짜'를 누리며 여행을 이어갔다.

생애 처음으로 아시아 대륙에 발을 들인 D는 한국을 시작으로 가능하다면 아시아 모든 나라를 돌아볼 계획을 세웠다. 단, 일본은 제외였다. 이유는 돈 때문이었다.

"내 예산으론 일본 여행은 역부족이라고 생각했어요. 사실 한국도 역부족이지만."

"실례가 되지 않는다면 예산이 어느 정도 되는지 물어봐도 돼요?"

"한 달에 쓰는 돈이 200달러 정도예요."

"미국 달러인 거죠?"

"네."

"왜 하필 200달러예요? 그렇게 예산을 정한 이유가 있어요?"

"거주하던 아파트의 월세예요. 어머니가 재혼과 동시에 다른 나라로 이주하면서 내 앞으로 남겨놓은 아파트인데, 여행을 떠나기 전 세입자를 구했어요. 모아놓은 돈은 거의 바닥을 보이고 있고, 수중에 들어올 돈이라곤 그 월세가 전부예요."

"한데 200달러면 한국과 일본을 떠나서 다른 아시아 나라도 역부족이지 않을까요?"

"돈은 중요하지 않아요. 어찌 되었든 나는 계속해서 여행을 하고 있으니까요."

"돈이 중요하진 않지만 돈이 필요하긴 하잖아요?"

"돈이 있어야 여행을 할 수 있다고 사람들은 생각해요. 돈이 먼저고 여행이 그다음이라고 생각하는 거죠. 우리나라 사람들은 특히 더 그래요. 그런 사고를 가진 사람들에게 나는 증명해 보이고 싶고 말하고 싶어요. '돈은 중요하지 않다고, 나를 보고도 모르겠느냐'고요."

나는 도통 모르겠다. 여행에서 반드시 돈이 먼저이진 않지만 그렇다고 돈이 대수롭지 않게 여겨지는 건 아니다.

"당신도 여행을 해봐서 알잖아요. 카우치 서핑을 이용하면 공짜 숙박이 가능하고, 농장에서 숙식을 공짜로 제공받는 일을 할 수도 있고요. 히치하이킹을 선택하면 돈이 들지 않고도 계속해서 이동할 수 있고요. 방법은 얼마든지 다양해요. 돈이 없어서 여행을 못 한다는 건 핑계에 불과할 뿐이에요."

그의 말대로 이 모든 것이 과연 공짜일까? 성인 딱지 갓 붙인 뭣 모르는 나이였다면 그의 말이 그럴싸하게 들렸겠지만 그도 나도 그럴 나이는 한참 지났다. 돈이 없어서 여행을 못

하는 건 핑계가 아니라 현실일 수 있고, 돈이 없어도 여행을 할 수 있다는 건 열정이 아니라 과시욕으로 보일 수 있다. D가 그래 보였다. 분명한 건 나는 그에게 공짜 숙박을 허락한 적도 없고, 카우치 서핑이 공짜 숙박이라고 단 한 번도 생각해보지 않았다는 사실이다. 그래, 형식적으로 보면 공짜 숙박일 수는 있다. 내 집을 찾는 서퍼가 돈을 지불하지 않고 호스트도 돈을 요구하지 않으니 둘 사이에 돈이 오가는 건 아니다. 바꿔 생각하면 이 커뮤니티 활동의 주체가 돈은 아니라는 얘기다. 그의 입에서 연거푸 내뱉어진 '공짜'와 '돈'은 호스트와 서퍼 사이의 논점을 흐릴 뿐이었다. 대화 흐름에 맞지 않는 주제였다. 카우치 서핑이든 히치하이킹이든 적어도 돈이 아닌 사람이 중심이 되어야 한다. 다시 대화를 시작했다.

"당신은 남들과 다른 여행 방법을 택했고 여러 길 위에서 많은 사람을 만나왔잖아요. 그 사람들이 궁금해요. 기억에 남는 사람이 많을 것 같은데요."

"한번은 히치하이킹을 하다 만난 운전자와 목적지에 도착해서 같이 식사를 하게 되었어요. 꽤 비싸 보이는 식당이었고, 메뉴를 보니 가격이 만만치 않았어요. 배가 고프지 않아서 주문을 안 하겠다고 했더니 내 말이 솔직하게 들리지 않았던 모양이에요. 상대편에서 음식을 대접하겠다고 먼저 말을 꺼내더군요. 그날은 그야말로 배가 터질 정도로 포식을 했어요. 이때뿐만이 아니었어요. 길 위에서 사람을 만날 때면 여러 번 이와 같은 상황에 놓이곤 했어요. 커다란 배낭을 메고 도로 위에 서 있는 나를 신기하게 쳐다보는 사람들도 많았어요. 시골 오지나 작은 마을에선 특히 더 그랬죠. 내가 대단해 보였는지 나에게 다가와 말을 거는 사람도 종종 있었고요. 생각지 않게 사람들의 후한 인심을 받을 때면 내 돈 한 푼 들이지 않고 모든 것이 가능하다는 사실을 재차 깨달을 수 있었어요."

사람에 관한 대화는 또다시 돈으로 끝을 맺었다. D는 운전자에 대한 고마움보단 운이 좋았던 자신을 치켜세우느라 바빴다. 자기 돈 들이지 않고 모든 것이 가능한 여행이 과연 여행으로서의 기능을 할 수 있을까 싶은 반감이 들었다. 누가 듣더라도 그의 얘기는 사람보다 돈이 먼저였다. 그가 꺼내 보인 다른 기억들도 기존 대화의 흐름에서 크게 벗어나지 않았다. 추천하는 최고의 여행지와 최악의 여행지에 관한 이야기에서도 생각의 흐름은 비슷했다. 카우치 서핑에서 한두 번의 메시지로 쉽게 호스트를 찾는다거나 도로 위에서 그를 실어줄 운전자가 쉬이 나타나면 그 도시는 그에게 최고의 여행지이자 기억으로 남았다. 반대로 공짜 숙박이나 공짜 이동수단이 그의 마음대로 되지 않을 때 그의 기억에는 잿빛이 드리워졌다.

다른 주제의 대화도 마찬가지였다. 하루는 식탁에 마주 앉아 하루 동안 경복궁 일대를 둘러본 그의 소감을 물었는데, "멋지고 좋았다"라는 짧은 대답 뒤에 밥값에 관한 질문이 자연스레 따라붙었다.

"한국은 외식 비율이 높은가요? 식당에서 밥을 사 먹는 것이 비용적인 면에서 부담이 되는 금액인가요? 비싸다고 느껴지는지 궁금해서요."

"글쎄요. 어느 식당을 가느냐, 어떤 음식을 먹느냐에 따라 얘기가 달라지겠죠. 한국 사람들이 흔히 먹는 김치찌개나 된장찌개 같은 로컬 음식을 놓고 보면 외식 비율이 높다고 할 수 있어요. 그런 점에서 부담이 되는 금액은 아닌 듯하고요."

"서울에선 피자 한 판이 얼마 정도 해요?"

"음, 글쎄요. 그것도 종류가 다양해서요."

"그럼 가장 저렴한 피자 가격은요?"

"아마 대략 만 원 정도 혹은 그 아래일 거예요."

"아, 정말요?"

"왜 놀라요? 너무 저렴해서요?"

"아니요. 그 반대예요. 너무 비싸서요."

D의 나라에선 피자 한 판 가격이 얼마 정도 하는지 묻지도 않았는데, 뒷말이 구구절절 이어졌다. D에겐 피자 가격이 서울의 물가를 비교 평가하는 지표가 되는 것 같았다. 다른 나라의 물가수준을 계산할 때도 피자는 분명 그의 기준점이 될 것이다. 그러고 보니 내 경우엔 피자 대신 각 나라의 대중교통비와 카페라떼 한 잔 값이 매번 비교 대상에 올랐다. 뚜벅이 인생에서 대중교통은 없어서는 안 될 중요한 도구이며, 진하고 맛 좋은 커피에 목매는 나 같은 사람은 커피값 여부에 따라 여행의 질이 달라진다. 개인마다 다르겠지만 일상을 이루는 중요한 요소가 다른 나라에서 맞이하는 일상에서도 중요하게 작용하는 건 동일하다.

D가 중요하게 생각하는 밥값에서 시작된 대화는 두 나라의 피자 가격과 물가수준 평가로 이어졌다. 결국 이 모든 것은 '돈'이었다. 돈이 중요하지 않은 사람과의 기승전'돈'을 이제는 끝내고 싶었다. 이만하면 돈 때문이 아니라 그냥 여행이 하기 싫어질 수 있겠다 싶었다.

"여행을 하는 데 돈이 중요치 않다"라는 D의 말은 자기 자신에게만 설득력을 얻을 뿐이었다. 그리고 앞으로도 반드시 그래야만 한다고 생각했다. 그 자신에게 돈이 중요하건 그렇지 않건 내가 상관할 바 아니었지만 그것이 상대를 설득하는 데 활용된다면 얘기가 달라질 수밖에 없었다. “나를 보고도 모르겠냐”라는 그의 말에서 느껴진 씁쓸한 뒷맛이 꽤 오래 내 혀를 자극했다. 그가 으스대며 보여준 ‘공짜 여행’에 담긴 메시지의 중심은 오직 ‘돈’이었는데, 그럼에도 불구하고 그는 돈 하나 들이지 않고 모든 것이 가능한 여행을 하고 있다는 주장을 폈다. 결국 판단은 그가 아닌 당신과 나의 몫이다.

아주 격하게,
차원이 다르게 성장하고 싶었어요.

타츠야의 오토바이 세계 일주

사나흘만이라도 겨울의 매서운 추위를 피하고 싶어 떠났던 일본 오키나와에서 타츠야를 만났다. 에어비앤비에서 찾아낸 그의 집은 바다를 마주한, 지은 지 얼마 되지 않은 신축 건물이었다. 흡사 대기업 회장님 댁 같아 보이는 커다란 집의 대문을 열고 들어가면 왼쪽 복도를 따라 단층에 별채처럼 보이는 게스트 룸이 있었고, 오른쪽 복도로 난 길을 따라가면 그와 그의 가족이 머무르는 공간이 1, 2층 구조로 설계되어 있었다. 본채와 별채 사이 창문 밖 풍경은 초록빛 정원의 차지였다.

타츠야를 만나기 전 몇 번의 메시지를 주고받으면서 나는 그가 무척 신사다운 사람일 거라고 확신했다. 아니나 다를까, 그의 첫인상에는 '신사'라는 두 글자가 새겨져 있었다. 세월의 깊이만큼이나 선명하게.

비단 일본인이 아니더라도, 대개 신사나 숙녀 기질이 강한 사람들은 언뜻 친절한 관계를 만들면서도 쉽게 다가가거나 친해지기엔 뭔가 알 수 없는 벽이 느껴질 때가 많다. 게다가 그는 '일본인' 신사이지 않은가. 타츠야의 첫인상을 파악하고 난 뒤 그의 집에서 머무르는 며칠간 우리의 관계가 어떻게 발전할지 어느 정도 예상이 됐다. 친절함이 바탕이 된 에어비앤비 호스트와 게스트, 다른 말로 바꾸면 돈이 오가는 숙박업소 주인과 손님 그 이상도 이하도 아닐 것임이 분명했다. 또 한 번의 확신이었지만 또 한 번의 정답은 아니었다.

타츠야는 도쿄에서 꽤 잘나가는 메이크업아티스트로 일했다. 도쿄의 중심에서 빠르게 변해가는 트렌드를 캐치하며 누구보다 바쁜 현대인의 삶을 살았다. 나이는 어느덧 쉰이 넘었고, 젊은이들 사이에서 트렌드를 읽는 촉이 예전만 못하다고 느낄 무렵, 또 그렇게 바삐 살아온 삶에 더는 흥미를 느끼지 못할 무렵 그는 섬으로의 이주를 계획했다. 서울 사람에서 제주도 사람으로 바뀌어가는 작금의 세태가 타츠야와도 맞아떨어지는 얘기였다. 도쿄 사람에서 오키나와 사람이 되기로 결심한 타츠야는 바닷가 근처에 터를 닦고 집을 지었다. 별채에 외국인을 들이기 시작한 건 내가 그의 집을 찾은 시점인 2017년 초부터였다. 이제 막 문을 연 에어비앤비 초보 호스트로서 그는 생기가 넘쳤다.

추위를 피해 도망쳐 온 오키나와였지만 1월의 섬 날씨는 추위에 지친 몸을 숨기기엔 역부족인 것 같았다. 타츠야의 표현대로 오키나와에 때아닌 한파가 불어 닥친 딱 그 시기에 나는 그 섬에 있었다. 행운이라면 행운이었다. 그래 봤자 서울을 뒤덮은 한파와는 비할 바가 못 되었으니까. 그렇다고 바닷물에 쉬이 몸을 담가도 될 만큼 따뜻한 섬의 분위기는 전혀 아니었다.

그럼에도 불구하고 몸을 담가보기로 했다. 피난 여행에 동행한 선배가 곁에 있었고, 잠깐 얼굴을 내보이는 한낮의 따스한 햇살이 바람으로부터 우리를 감싸줄 거라 믿었다. 아무런 흔들림 없는 잔잔한 바다를 바라보며 기분 좋게 레드와인 두어 잔도 말끔히 해치운 상태였다. 양 볼을 한껏 빨갛게 물들인 와인의 기운이 온몸 구석구석으로 전달되어 이미 한여름의 기온을 형성하고 있었다. 바다에 던져진 몸은 의외로 적응을 잘했고, 바닷물은 예상보다 따뜻했으며, 바다에서 마주보는 타츠야의 집은 훨씬 그럴싸했다.

에어비앤비에서 숙소를 찾을 때 바닷가 앞에 위치한 집을 고집했다. 바닷가를 집 마당인 양 자유롭게 오갈 수 있는 그런 집. 바다에서 빠져나와 수건을 몸에 감싼 채 숙소로 향하는 발걸음에서 그제야 원론적인 만족감이 찾아왔다. 고집이 이겼다. 바다에 몸을 던지길 잘했다 싶은 생각이 드는 순간, 그 생각에 타츠야가 불쑥 끼어들었다.

일본인 신사의 시각에선 우리가 한파 속 바다에 몸을 맡기고 또 몸이 젖은 채로 집에 돌아올 거라곤 예상하지 못한 것 같았다. 그제야 신사는 신사로서의 기능을 잃었다. 신사의 두 눈은 신사답지 않은 호기심으로 가득 차 있었고, 불필요한 프라이버시의 거리를 좁히고 개인의 취향을 알아가고자 하는 소망을 드러내고 있었다. 주인과 손님 사이의 벽은 이미 허물어진 뒤였다. 주인과 손님의 관계가 하루밖에 남지 않은 마지막 날이라는 사실만 빼면 완벽했다.

타츠야의 개인 취향은 예상 밖이었다. 그는 오토바이광이었다. 사람을 겉만 봐선 알 수 없지만 그것을 다 아는 것처럼 나는 행동했다. 오만이었다. 겉모습만 보고 판단했다가 큰코다친 격이었다. 그가 열여덟 살에 오토바이 면허를 취득하고, 스물두 살에 오토바이 경주에 데뷔한 '프로 오토바이 레이서'라는 사실만으로도 내 코는 이미 문드러졌는데, 더 놀라운 건 몇 년 전 그가 오토바이를 타고 6대륙을 여행했다는 사실이었다.

'신사'와 '모험가'라는 두 단어를 나란히 바라볼 수 있다는 것을 나는 타츠야를 통해 깨우쳤다. 살아가는 데 불필요한 오만과 편견을 없애주는 상대를 만나는 것만큼 반가운 인연이 또 있을까? 오키나와 여행을 마치고도 그와 친분을 유지할 수 있었던 건 그가 나의 오만과 편견을 바로 세워주워서였다.

"나 자신을 아주 격하게, 차원이 다르게 성장시키고 싶었어요. 오직 살고 죽는, 죽고 사는 도전으로."

오토바이 세계 일주를 결심한 이유에 대해 타츠야가 밝힌 말이었다. 그의 경험담을 알아가는 일은 페이스북 메시지와 이메일을 통해 한동안 이어졌다. 우리의 대화는 영어로 진행되었지만 세세하고 정확한 여정과 에피소드를 설명하거나 감정을 표현해야 할 때 타츠야는 일본어를 사용했다. 그의 일본어를 번역해준 후배 정란이의 도움으로 우리의 대화가 한층 깊어질 수 있었다.

여정의 시작이 아프리카 케냐였죠? 오키나와에서 당신이 한 말을 기억해요. 왜냐면 세계 일주의 첫 시작치곤 와일드한 목적지라고 생각했거든요. 일본과의 거리도 상당하고요. 그 이유가 궁금했어요.

오토바이 여행을 시작하기 전에 업무 차 아프리카에 한차례 간 적이 있었어요. 오토바이로 세계 일주를 하면 다른 대륙은 몰라도 아프리카는 기필코 반드시 달리고 싶었어요. 인생에 좋은 도전이 될 것 같았거든요. 또 다른 이유도 있어요. 이왕 가야 할 땅이라면 힘들고 고된 곳부터 먼저 해치우자고 생각했어요. 기력도 체력도, 게다가 오토바이도 신선하고 쌩쌩한 상태였으니까요.

케냐에서 시작한 대륙 간 이동 루트를 들려주세요.

우선 케냐에서 탄자니아, 잠비아 등 대륙 남쪽 방향으로 이동했고요. 남아프리카공화국을 기점으로 다시 북쪽으로 방향을 틀어 서아프리카 대부분의 나라를 지나쳤어요. 모로코가 아프리카에서의 마지막 목적지였고, 이후 이베리아반도 서남쪽에 있는 지브롤터로 이동해 유럽에서의 여정을 시작했어요. 서유럽을 거쳐 동유럽 그리스까지 달렸어요. 이후 불가리아에서 터키로, 이란으로, 중앙아시아로,

그렇게 아시아 땅에 다시 닿았어요. 한데 불가리아는 애초 계획에 없던 나라였어요. 그리스에서 터키로 들어가려고 했던 계획이 어긋나면서 불가리아를 경유해야만 했어요. 사실 루트 변경은 수도 없이 많았어요. 여행 일정이 생각했던 것보다 늘어지는 바람에 한 지역에 도착해서 바로 다음 도착지로 이동해야 했던 적도 많았어요.

여행이 계획대로 되지 않을 거란 예상도 계획에 포함되어 있지 않았을까요?

그건 맞아요. 하지만 모든 예상 답안을 계획에 다 포함시킬 수는 없는 거니까. 길 위에 있는 동안 예상치 못한 답안이 새로 생겨날수록 대처 능력이 눈에 띄게 좋아지긴 했어요. 이 길이 아니면 저 길로, 그 길로 가면 되었거든요. 못 가는 길이란 없었어요.

아시아까지 달려왔으니 이제 북미와 남미, 오세아니아 3대륙이 남았네요.

여기서부턴 어느 정도 예상이 될 거예요. 아시아에서 캐나다로 날아간 후 미국까지 북미 일주를 마쳤고, 남미로 올라가 멕시코에서부터 질주를 시작했어요. 남미 대부분의 나라에 발을 들이고 난 뒤 칠레에서 마지막 대륙이자 마지막 목적지인 호주로 갔어요. 아, 호주에서 집으로 돌아왔으니 마지막 목적지는 일본이 되겠네요.

어찌 보면 여행의 최종 목적지가 '집'이었던 거네요?

케냐를 시작으로 15개월 동안 이곳저곳 돌고 돌아 드디어 가족의 품으로 돌아갔어요. 그것만으로 목표 달성이 이뤄진 거겠죠. 여행 기간은 15개월이었지만 마음은 7년 만에 현실로 돌아간 것 같았어요. 가족과 친구들에게 오토바이 세계 일주 계획을 말한 건 출발하기 7년 전이었거든요. 준비 기간은 5년이 걸렸고요.

오랜 시간 가슴에 품고 있던 것을 이뤘으니까 어떤 마음이었을지 조금 이해가 돼요. 처음 당신의 여행 계획을 들은 가족과 친구들의 반응은 어땠어요?

반응이 거의 없었어요. 너무나 비현실적인 이야기를 마주하면 사람들은 의외로 반응을 하지 않아요. 본심이 아니라고 생각하거든요. 오토바이광이 하는 말이니까 으레 하는 말처럼 들렸을 거예요. 실천할 수 없는 계획으로요.

당신 자신에겐 본심이었잖아요. 그게 상대에게 어떻게 표출되었을지 궁금해요.

유서를 남겼어요. 13명에게 보내는 편지 형식의 유서 13장을 썼어요. 가족 7명, 친구 1명, 직장 관계자 4명, 오토바이 여행 프로젝트 스태프 1명에게요. 그 안에 담긴 내용은 각각 달랐어요. 지금까지 이어져온 관계에 대한 감사한 마음, 그 사람에 대한 나의 생각과 장래를 위한 응원의 말도 남겼어요. 지구 평화를 위한 부탁도 전했고요.

만약 당신 자신에게도 유서를 썼다면 어떤 말을 남겼을까요?

글쎄요. 여러 가지 말과 생각이 교차했을 거예요. 사실 엄청 무서웠어요. 두려웠어요. 오랫동안 오토바이를 탔지만 집을 떠나는 건 처음이었으니까. 나 자신을 성장시키는 여행이 되어야 한다는 결심에 '혼자'가 아니면 안 된다고 생각했으니까. 그럼에도 불구하고 나 자신이 스스로 얼마나 성장하고 변화할지 기대감을 나타내는 문장이 담겼을 거예요. 두려움보단 기대와 희망이 앞서 있었으니까.

그것들이 앞서 있던 까닭은 당신이 준비한 프로젝트 때문이 아니었을까요? 전 세계 어린이들의 목소리를 듣는 'Take the voice of children from around the world'에 대해 이야기를 해볼까요?

'각각의 다른 나라와 다른 도시에서 같은 연령대의 어린이들에게 같은 질문을 던지면 어떨까' 하는 생각에서 이 프로젝트는 출발했어요. '꿈은?' '행복이란?' '일본에 관해 알고 있는 것은?' 이렇게 세 가지 질문을 정하고 나라를 옮길 때마다 만나는 열 살 전후 어린이들에게 물었어요. 아이들의 답변을 영상으로 기록해 남겼고, 이 영상을 포함한 모든 데이터는 일본에 제휴하고 있는 초등학교의 국제교육 자료로 사용할 계획이었죠. 프로젝트를 응원하고 지지해 주는 사람들이 하나둘 나타나면서 클라우드 펀딩이 진행되었고 3백만 엔의 기부금이 모이기도 했어요.

당신 자신에게도 훌륭한 교육 자료가 되었겠는데요?

여행이 내게 준 가장 큰 경험이 전 세계 어린이들을 만나 인터뷰할 수 있었다는 거예요. 이 프로젝트가 아니었다면 여행을 끝내지 못했을 거예요. 전 세계 어린이들의 목소리는 내게 앞으로 나아갈 용기를 줬어요. 여행의 괴로움과 고생을 희망으로 바꿔줬어요. 아무리 피곤해도 아침이 되면 또 달려서 다시 어린이들을 만나고 싶었어요.

New York
Church Of Honolulu

교육 자료를 통해 무엇을 배웠어요?

전 세계 어린이들이 그들의 삶에서 가장 중요하게 생각하는 건 '가족'이었어요. 국적과 사회적 환경에 상관없이 어린이들의 공통된 생각이라는 게 놀라웠고, 그것을 생생한 목소리로 확인할 수 있어서 기뻤어요. 아이들에게 행복이란 '가족과 함께 있는 것, 함께 있을 수 있는 것'이었어요. 살아가면서 가장 중요하지만 또 가장 중요하지 않게 여기는 가족의 의미를 다시금 생각해볼 수 있었어요.

지금도 기억에 남는 어린이가 있어요?

마지막 목적지인 일본에서 만났던 어린이들의 목소리가 가장 기억에 남아요. 여행 도중 동일본 대지진이 일어났어요. 2011년 3월 11일이었죠. 일본으로 건너온 뒤 규슈부터 지진 피해 지역인 후쿠시마로 이동했어요. 그곳 지역의 어린이들이 지진으로 인해 슬픔에 잠기고 침울해 있을 거라고 생각했지만 실상은 달랐어요. 아이들은 제각기 자신의 꿈을 품고 있었고, 그것으로 인해 생기가 넘쳐 보였어요. 강진의 피해가 지역의 어린이들에게까지 영향을 끼치지 않았다는 사실에 감사했어요. 작게나마 위로가 되었어요.

여행 도중 동일본 대지진이 발생했으니 당신에겐 큰 충격으로 다가왔겠어요.

아이러니하게도 대지진의 여파는 이번 여행에 가장 좋은 추억을 남겼어요. 그때 나는 아프리카를 여행하고 있었는데, 일본이 대지진으로 인해 괴멸적 피해를 입었다는 뉴스가 전 세계 언론에서 매일같이 속보로 전해지고 있었어요. 아프리카 여러 나라와 그 이후의 여정에서도 각 국경과 나라에서 만나는 사람들마다 내가 일본인이라는 걸 알고 나면 백이면 백 따뜻한 말과 애도, 응원을 아끼지 않았어요. 국경 통과도 수월했어요. 세계는 하나였어요.

반대로 안 좋았던 추억은요?

콩고공화국 정글에서였어요. 길 안내를 희망한 현지인 두 명과 함께 주행에 나섰는데, 날이 저물면서 예상치 못하게 하룻밤 야영을 하게 되었어요. 텐트도 없이 낙뢰와 호우 속에서 밤을 견뎌야 했는데, 추위와 더위가 동시에 찾아오는 아프리카의 한밤중 기온 변화에 몸이 완전히 망가져버린 거예요. 뜬눈으로 밤을 지새우고 우산 한 자루에 의지해 아침을 맞이하기까지 죽음을 각오했어요. '살아서 일본에 돌아가고 싶다'는 생각을 수도 없이 반복했어요.

정글에서 오토바이 주행이 가능해요?

이것도 아이러니한 점인데 생사의 갈림길에 서게 한 콩고 공화국이 결과적으로 보면 오토바이 여행에는 꽤 좋은 장소였어요. 자동차로는 다닐 수 없는 정글 속을 통과했거든요. 그곳은 자동차는 물론 도보나 자전거로도 갈 수 없었어요. 오직 오토바이라서 가능했어요.

오토바이 특성상 날씨 변화에 영향을 많이 받았을 것 같아요.

시시때때로 험한 날씨를 만나기도 했고, 우기 지역에선 줄곧 비와 함께 달려야 했어요. 그럴 때면 '비가 오면 좋은 성적을 거두는 오토바이 레이서였다'는 과거의 사실에 의존했어요. 의존하고 싶었어요. 비가 내리면 좋은 결과를 만들어내는 오토바이 택배기사를 했던 경험이 있기 때문에 빗속을 계속 달리는 일은 그렇게 고되지 않았어요. 한번은 침수 지역을 통과한 적이 있어요. 또다시 콩고공화국이 등장하네요. 미슐랭 지도에선 넓고 잘 닦인 도로로 표시가 되어 있었는데 막상 가보니 간선도로인 국도가 비포장 상태인 데다 침수까지 덮쳤어요. 진흙탕 길이었죠. 깊은 곳은 물이 무릎까지 닿을 정도였어요. 오토바이 엔진 앞에 물이 들어가지 않도록, 물에 잠겨 빠지지 않도록 필사적으로 이동해야 했어요. 끝이 보이지 않았어요. 공포와 불안, 피로와 초조가 한데 뒤섞인 감정은 태어나서 처음 겪는 것이었어요. 여행의 첫 대륙이었는데, 여행을 그만해도 되겠다 싶은 생각에까지 이르렀죠. 여정 전체를 통틀어서 제일 힘든 순간이었지만 내 선택에 내 책임이 따른다는 사실, 그렇기에 주체성을 가지고 살아가야 한다는 사실을 깨우친 건 그런 상황이라서 가능했어요. '아주 격하게, 차원이 다르게 성장하고 싶었던' 여행의 애초 목적이 이곳에서 전부 다 이뤄진 것 같았어요.

당신 말대로 여정의 시작이 아프리카여서 참 다행이었겠다 싶어요. 길을 찾는 데 종이 지도를 이용했던 거예요?

오토바이에 GPS 내비게이션을 설치하긴 했지만 사용할 수 있던 나라는 선진국뿐이었어요. 아프리카나 중앙아시아, 러시아 등지에서는 사용할 수 없었어요. 그런 나라에선 스마트폰에 있는 구글 지도나 종이로 된 미슐랭 지도를 보면서 길을 찾았어요. 길에서 만나는 현지인들이 내비게이션을 자처하는 상황도 많았어요. 아프리카에선 나로 인해 지도를 처음 접한 사람도 더러 있었어요. 놀라웠죠.

숙소는 어떻게 해결했어요?

아메리칸 익스프레스 회사에서 일부 지역의 호텔을 섭외해줬고요. 그 외 나라는 예정지에 도착해서 현지인들에게 물어 물어 찾았어요. 호텔까지 데려다준 현지인들도 많았어요. 호주에선 대부분의 밤을 텐트에서 보냈고요.

현지인들과의 의사소통은 어렵지 않았어요?

서로 서툰 영어와 제스처뿐이었지만 그것으로 충분했어요. 배경을 바꿔가며 현지인들을 만날 때마다 중요한 건 말이 아니라 태도라는 사실을 배웠어요. 상대를 존중하며 대하는 것이 멋들어진 영어 구사보다 중요하다는 사실을요. 그것을 깨우치고 난 뒤부터 소통은 소통으로 행해졌어요. 말 그대로 막힘이 없었어요.

기억에 남는 현지인이 있어요?

어려움에 처했을 때 타인에게 도움을 받으면 그것처럼 감사한 일은 없잖아요. 특히 몸이 다치거나 사고가 났을 때 자기 일처럼 나서서 도와주는 사람을 만나면 그 인연을 죽어서도 잊을 수 없죠. 몽골 고비사막에서 굴러 넘어지고 오른발이 접질린 상태로 차체에 끼어 쓰러져 있었을 때 그날 우연히 지나가는 차 주인과 그 차에 탄 사람들이 나를 구해주지 않았다면 지금의 나는 없었을 거예요. 가까스로 위기를 모면한 뒤 사막을 달리며 게르를 찾아 헤매고 있었을 때 어렵사리 만난 유목민 가족의 품은 무척 넓고도 아름다웠어요. 낯선 이방인에게 가장 좋은 침대를 내어주고, 매 끼니 식사를 챙겨주고, 하루에도 여러 번 내 발의 상태를 살펴줬어요. 제한된 시간이 야속할 뿐이었어요. 몽골에서 러시아 시베리아를 거쳐 한국의 서울에서 예정된 날에 캐나다행 비행기를 타려면 또다시 운전대를 잡아야 했어요.

그 발로 다시 길 위를 달렸다고요?

왼발을 믿고 달렸죠. 서울발 벤쿠버행 비행기 티켓을 미리 예약해두지 않았다면 결과가 달라졌을지도 모르죠. 접질린 오른발의 통증은 몽골 이후 캐나다까지 한 달간 지속됐어요. 오른쪽 다리가 땅에 닿지 않도록 주행해야 했어요. 하지만 어려운 상황에 놓였다고 해서 반드시 고난만 있진 않았어요. 몽골에서 러시아, 한국, 캐나다까지 이동하는 동안 길에서 만나는 현지인들이 나의 오른발과 다리가 되어줬어요. 오토바이에서 내릴 때 오른발을 사용하지 않는 나를 보고 많은 사람들이 짐을 들어주거나 식재료를 사서 갖다주기도 했어요. 그 친절함에 몇 번이고 눈물이 났어요. 계속된 이동이 왼발을 지치게 했을지는 몰라도 마음만큼은 지치지 않았어요.

당신이 보내준 영상을 보고 나도 충격을 받았어요. 계속된 이동이, 계획된 이동이 호주에서 아마추어 레이서를 만나게 해준 건 아닐까요?

누구도 몰랐을 거예요. 호주에서 앨런 켐프스터Alan Kempster 씨를 만나게 될 줄은, 지금까지의 나의 오토바이 인생을 다시 돌아보게 될 줄은 말이에요. 앨런 씨와 마주한 건 내 인생에서 가장 충격적인 순간이었어요.

시드니에서 만났다고 했죠?

네, 맞아요. 호주 일주를 무사히 마치고 거의 여행의 막바지였어요. 집으로 돌아갈 시간이 다가오고 있었죠. 오토바이를 일본으로 보내기 위해 수송업자에게 오토바이를 맡긴 후 일주일간 시드니에서 머물렀어요. 호주에 사는 일본인 토루 씨의 권유로 아마추어 오토바이 레이싱을 보러 갔는데 거기서 오른팔과 오른 다리가 없는 반신 라이더 앨런 씨를 만난 거예요. 사실 처음엔 그가 정상인의 몸을 하고 있는 줄 알았어요. 거리가 멀어서 몸 상태가 잘 안 보였거든요. 그만큼 그가 정상인과 다를 바 없는 레이싱을 보여줬던 거예요. 몸 상태가 눈에 들어오고 난 뒤 제 인생에서 제일 믿기 힘든 순간이 펼쳐졌어요. 벼락을 맞은 것처럼, 심장이 멈춘 것처럼, 그런 감격은 태어나서 처음이었어요. 어떠한 말로도 표현이 되지 않았어요. 지금도 그렇고요.

영상 제작은 어떻게 이뤄진 거예요?

결승선을 통과한 앨런 씨에게 다가가 말을 걸었어요. 통성명을 나누고 존경심을 표했죠. 그때 그의 오토바이에 '스폰서 모집'이라는 스티커가 붙어 있는 걸 발견한 거예요. 그때 가지고 있던 현금을 모두 탈탈 털어서 그에게 건넸어요. 한데 그걸로는 부족했어요. 토루 씨는 호주에서 영화를 찍는 프로 카메라맨으로 일하고 있었어요. 토루 씨에게 부탁했죠. 내가 자금을 지원할 테니 앨런 씨의 이야기를 다룬 단편영화를 만들고 싶다고요. 앨런 씨를 유튜브에서 유명 인사로 만들어 스폰서가 많아질 수 있도록, 돈 걱정 없이 오토바이에 집중할 수 있도록 돕고 싶었어요. 내 힘 닿는 데까지.

결과는 물어보지 않아도 알겠네요. 앨런이란 인물이 궁금해 구글링과 유튜브 검색을 해봤더니 이미 유명 인사가 됐던데요.

당신에게 보낸 영상은 우리가 제작한 단편영화를 유튜브 환경에 맞춰 짧게 편집한 파일이에요. 앨런 씨를 다룬 단편영화는 일본어와 영어, 스페인어로 번역되어 전 세계에 공개되었고, 일본과 해외 방송사에서는 앨런 씨와 그의 인생에 관한 TV 프로그램을 제작해 방영하기도 했어요. 결과적으로 앨런 씨에게 많은 스폰서가 생겨났죠.

앨런 씨가 당신의 여정에서 대미를 장식했네요. 총 15개월, 65개국, 10만 킬로미터 주행. 차원이 다르게 성장하고 싶었던 열망은 어떤 결과를 가져왔을까요?

여행은 스스로의 주체성을 확인시켜줬어요. 내가 나로 살아가는 것이 중요하고, 이제부터는 타인을 위해, 지구를 위해 나의 심장이 뛰어야 함을 알게 되었죠. 다시 말하면 살아가는 목적이 달라진 거죠.

그 목적을 구체적으로 설명한다면요?

여정 전체를 돌이켜봤을 때 내 깨달음은 간단해요. 세계는 작고, 역사는 길고, 인생은 짧다는 것. 인간은 어리석은 때

쟁이에 불과하다는 것. 살아가는 목적도 간단해요. 깨달음이 그것의 기준이 되니까요.

전 세계 어린이들에게 '행복'이 무엇인지 물었잖아요. 마지막으로 당신의 정의를 듣고 싶어요.

행복은 개개인마다 자신의 삶에서 중요하게 여기는 것을 잃지 않는 거예요. 한번 잘 생각해봐요. 당신의 삶엔 그것 혹은 그것들이 있는지. 있다면 효정 당신은 행복한 사람일 거예요.

타츠야 당신의 삶에는요?

네, 있어요.

한국인 당신을 한번 안아봐도 될까요?

니샤의 코리안 드림

웰컴드링크를 가져다준 호텔 직원은 앳된 소녀의 얼굴을 하고 있었다. 자신의 이름을 '니샤'라고 밝힌 소녀와 인사를 나누는데, 내 이름과 국적을 들은 그녀의 목소리가 갑자기 떨려왔다.

"정말이에요? 한국에서 왔어요? 한국 사람이에요? 진짜 한국 사람 맞아요?"

지금껏 내 배경만 듣고 감격해하는 사람을 본 적이 없던 터라 소녀의 난데없는 반응에 나는 어찌할 바를 몰랐다. 내 옆에서 웰컴드링크를 마시고 있던 독일인 조지도 소녀의 반응에 놀란 눈치였다.

"이곳에서 일하는 동안 한국인 여행자를 만나는 게 소원이었어요. 드라마에선 많이 봤지만 실제로 한국 사람을 본 건 태어나서 처음이에요. 괜찮다면 한번 안아봐도 될까요?"

내 품에 들어온 소녀의 몸은 목소리만큼이나 떨고 있었다. 잠시 숨을 고른 그녀는 여전히 떨리는 목소리로 서툰 한국말을 끄집어냈다.

"아녀아세요. 나는 니샤이비다. 마나써 바가쓰니다."

코로나19 팬데믹 직전 다녀온 스리랑카가 마지막 여행이 될 줄은 몰랐다. 1년도 더 지났지만 니샤를 품에 안았던 느낌은 어제의 일처럼 가장 최신의 기억으로 남아 있다.

국제공항이 자리한 네곰보에서 시작된 스리랑카 여행은 북부에 있는 역사 도시를 차례로 돌아본 뒤 산악 지대인 중부를 거쳐 남부 해안가에서 일정의 상당 부분을 소비할 생각이었다. 중부 지역을 여행하던 중 같은 숙소에서 묵으며 친해진 조지의 제안으로 예정에 없던 국립공원 사파리 투어를 계획하게 되었다. 니샤를 만난 건 중부와 남부 사이에 위치한 작은 시골 마을 우다왈라웨에서였다. 스리랑카에서 야생 코끼리가 가장 많이 살고 있는 우다왈라웨 국립공원이 마을의 중심과 그리 멀지 않은 곳에 자리하고 있었다.

"오빠이미다. 언니이미다. 카족이미다."

니샤의 오빠, 그의 아내, 그의 아들 딸과 차례로 인사를 나눴다. 니샤의 오빠가 호텔의 주인이었다. 한국인을 처음 본 감격은 오빠 가족에게도 해당되는 것 같았다. 무엇보다 호텔에 투숙객이 조지와 나 둘뿐이라서, 오랜만에 투숙객을 맞이한 것 같은 이들의 인상은 니샤만큼이나 기쁨에 차 보였다. 오빠 가족은 레스토랑 옆에 딸린 공간에서 거주하며 함께 호텔을 운영하고 있었다. 규모 면에서 보면 호텔이라기보단 홈스테이에 가까운 것 같았다. 니샤는 마을의 중심 인근에서 부모님과 함께 살며 호텔에 출퇴근한다고 했다.

그날 저녁 조지와 사파리 투어를 마치고 호텔로 돌아왔을 때 니샤가 우리를 다시 반갑게 맞았다. 니샤는 퇴근을 마다하고 인생에서 처음 만난 한국인을 애타게 기다리고 있었다.

"사파리 조쓰비까? 코끼리 봅니다? 밥 머거요?"

이 작은 시골 마을에서 스리랑카 사람과 한국말로 대화할 줄 누가 알았을까? 어색한 발음과 짧은 문장뿐이지만 니샤와의 한국어 의사소통이 어렵진 않았다.

"니샤, 한국어는 어디에서 배웠어요?"

"하교에서 배우미다. 책 이쓰미다."

니샤는 말이 끝나자마자 후다닥 프런트 데스크 서랍에서

한국어 교재를 꺼내 내게 건넸다. 책과 공책의 빈 공간엔 니샤가 연필로 한 자 한 자 또박또박 써 내려간 한국어 단어와 문장이 빼곡히 채워져 있었다.

“니샤, 한국어는 왜 공부해요?”

“한국 가고 시습미다. 일자리 함미다.”

우다왈라웨에서 나고 자란 니샤는 고등학교 졸업 후 현재 오빠의 호텔 일을 돕고 있지만 정작 그녀가 원하는 미래는 한국에 있었다. 니샤가 평일에는 호텔에서 일하고 주말에는 자격증 학원을 다니며 한국어 공부에 몰두한 지 반년이 넘었다. 스리랑카에서 한국 취업비자를 받으려면 한국어자격증 시험을 반드시 통과해야 하기 때문이었다.

니샤는 ‘코리안 드림’을 꿈꾸고 있었다. 한국에서 일자리를 얻어 돈을 벌고 한국 남자를 만나 결혼해 가정을 꾸리는 것이 그녀가 꿈꾸는 미래의 모습이었다. 한국이 살기 좋은 나라, 행복한 나라, 부자 나라라고 니샤는 굳게 믿고 있었고, 자신의 부와 행복이 그곳에 있음을 믿어 의심치 않았다.

다음 날 오전 체크아웃 준비를 하는 도중 한국에 있는 클라이언트로부터 업무 연락을 받았다. 마감 일정이 변경돼 당장 원고 작업을 해야 했다. 우다왈라웨에서 1박짜리 사파리 투어를 마치고 바로 남부 해안가로 넘어갈 계획이었지만 하

루 이틀 늦춘다고 크게 문제될 건 없었다. 조지는 계획대로 남부로 향하는 버스에 올라탔고, 나는 니샤의 일터에 남았다. 일행이 떠나 홀로 남은 한국인은 오롯이 니샤의 차지였다. 싱글벙글 미소가 떠날 줄 모르는 니샤를 보면 코리안 드림이 멀리 있는 것 같지 않았다.

"언니, 엄마 아빠 이쓰미다. 보고 시씀미다? 오빠 보고 시씀미다?"

"한국에 있는 우리 엄마 아빠가 보고 싶은지 묻는 거예요? 오빠가 보고 싶은 건 무슨 말이에요? 나는 오빠가 없다고 말한 것 같은데요."

"언니한테 우리 부모님을 보여주고 싶어요. 부모님이 언니를 만나고 싶어 해요. 둘째 오빠도 언니를 만나고 싶어 해요."

나의 한국어 대답이 길어지면 니샤는 곧장 영어로 고쳐 말했다.

"부모님 집과 멀지 않은 곳에 둘째 오빠가 살고 있어요. 오빠한테 한국인을 만났다는 얘기를 했더니 너무 반가워했어요. 오빠가 몇 년간 한국에서 살았거든요. 한국에서 번 돈으로 고향에 땅을 사고 집을 지었어요. 아직도 짓고 있어요. 집이 엄청 크고 좋아요. 언니만 좋다면 부모님과 둘째 오빠를 소개해주고 싶어요. 내가 살고 있는 집도 보여주고 싶어요."

호텔을 운영하는 오빠가 첫째, 코리안 드림을 달성하고 돌아온 오빠가 둘째, 니샤는 두 오빠에게 한참 어린 집안의 늦둥이 막내딸이었다.

니샤가 운전하는 오토바이를 타고 도착한 집에는 부모님뿐만 아니라 동네 친구들까지 한데 모여 있었다. 여행자를 무조건적으로 환영해주는 이들에게 감사한 마음이 들면서도 그 주인공이 내가 되는 건 아무리 여러 번 경험해도 익숙지 않은 일이었다.

환대에 정신을 차리고 보니 집 안엔 전깃불이 없었다. 작은 창에서 새어 들어온 대낮의 환한 빛이 조명을 대신했다. 니샤가 가장 소중히 여기는 옷과 가방, 화장품에는 'Made in Korea'가 적혀 있었고, 내게 이를 자랑하듯 보여주는 니샤의 얼굴에서 자부심이 느껴졌다. 둘째 오빠가 한국에서 살던 시절 니샤에게 보내준 선물은 니샤 자신을 넘어 동네의 선물이었을 것이다. 코리안 드림을 이룬 둘째 오빠는 집안의 자랑이자 동네의 자랑이며, 니샤에겐 우상이나 진배없었다.

우상이 사는 곳은 니샤의 말마따나 3층 구조로 된 나름 현대식 스타일의 크고 넓은 새집이었다. 전깃불까지 있었다. 게다가 옥상에 올라가면 우다왈라웨 국립공원까지 조망이 가능했다.

땅을 사고 큰 집을 짓기까지 오빠는 가족과 떨어져 경기도 안산 시화공업단지에서 3년 10개월을 일했다. 한국에 있는 동안 가족을 만나러 고향에 간 적은 단 한 번도 없었다. 공장의 작업량을 맞추느라 고향에 갈 생각은 단 한 번도 꿈꿔보지 못했다. 그나마 다행인 건 공장에서 일하는 대부분의 노동자가 그와 같은 스리랑카 출신이었다는 사실이다.

"안산 가요? 안산 좋아요? 스리랑카 사람 진짜 많아. 한국에서 큰돈 있어. 돈 많이. 나 많이 돈 벌어요. 돈 많아요. 한 달 200만 원. 바쁘면 200만 원 많이. 스리랑카 일하면 한 달 10만 원 안 돼."

"한국에 계속 있었다면 더 큰 돈을 벌 수 있었을 텐데, 왜 스리랑카로 돌아왔어요?"

"비자 필요해. 그리고 너무 힘들어요. 정말 힘들어. 정말 힘들어요. 몸 아파. 고향 보고 싶어. 가족 보고 싶어요. 한국 힘들어."

"만약 비자가 생긴다면 한국에 다시 가서 일하고 싶어요?"

"아니요. 한국 여행 하고 싶어. 일 안 해. 공장 너무 힘들어요. 정말 힘들어."

한국에 다시 간다면 노동자가 아닌 여행자의 신분이고 싶다는 오빠의 희망이 씁쓸하게 들렸다.

"니샤가 오빠처럼 한국에 가서 일하고 싶어 하던데요. 알고 있어요?"

"니샤 갈 수 없어. 남자 한국 갈 수 있어. 안 돼요. 한국 일 힘들어요. 여자는 여기서 살아요. 한국 일 힘들어. 안 돼."

코리안 드림은 니샤 혼자만의 원대한 꿈인 것 같았다. 오빠 입에서 "한국 일 힘들다"며 몇 번이고 내뱉어진 말의 무게는 경험해본 사람만이 온전히 알 수 있는 것이었다. 그것을 누구보다 잘 아는 오빠가 귀하디 귀한 어린 여동생을 불구덩이 속으로 끌어들일 리 만무하다.

오빠의 울림이 함께 있는 니샤에게도 전달되길 바랐지만 그녀의 관심을 끌지는 못했다. 오빠가 한국에서 가져온 제품을 하나라도 더 찾아내 나와의 공감대를 형성하는 것이 니샤에겐 더 시급해 보였다. 코리안 드림의 어두운 현실은 오빠와 나 둘만의 비밀로 남았다.

얼마 안 가 이번에는 오빠의 동네 친구와 지인들이 하나둘 대문을 열고 마당으로 들어섰다. 코리안 드림의 현실은 친구들에게도 비밀에 부쳐진 모양이었다. 집을 찾은 친구들 사이에서 한국인인 나를 치켜세우느라 분주한 오빠의 얼굴엔 방금 전까지 한국을 부정적으로 바라보던 어둠은 사라지고 없었다. 먼 타지에서 매일같이 뼈가 으스러지는 노동의 고통을 겪어야 했던 그였지만 그것으로 고향에선 결코 만질 수 없는 많은 돈을 벌었고 땅을 사고 집을 지었다. 게다가 고향 사람들의 부러움을 샀다. 과정이야 어찌 됐든 결과만이 그의 체면을 세울 뿐이었다. 코리안 드림의 현실이 오빠와 나 둘만의 비밀로 남았다고 생각했지만 그 활용은 각자의 몫이었다.

오빠의 동네 친구들 사이에서 나는 또다시 환영을 받는 주인공이 되어야 했다. 제발 이번이 마지막이기를, 더 이상의 절대적 환대가 없기를 바랐다. 불편을 느끼고 싶지 않았다. 중요한 건 나는 그들에게 코리안 드림 속 '코리안'이고 싶지 않았다는 사실이다. 우연히 이 작은 시골 마을을 여행하는 방문객으로 받아들여지길 바랐지만 이곳 현실과는 너무나 동떨어진 바람임을 깨달았을 때 나는 절대적이든 불편하든 그것을 즐기는 수밖에 없었다.

내 뜻과 달리 나는 살기 좋은 나라, 행복한 나라, 부자 나라에서 온 행복하고 돈 많은 사람으로 그들에게 인식되어버렸다. 그들이 가진 환상을 깰 수는 없는 노릇이었다. 그것을 깰 수 있는 권한 또한 내겐 없었다. 나의 바람대로 이 시골 마을을 여행하는 방문객으로서의 자격만이 내게 주어졌을 뿐이었다.

환영을 받는 주인공이 명확해졌다. 그들의 인식에 얽매일 필요가 없었다. 코리안 드림으로부터의 자유가 방문객의 자격을 곧추세웠다. 니샤와 그의 가족, 친구들과 시간을 보내는 동안 더 이상의 코리안 드림은 없었다. 그들이 만들어놓은 틀에 나를 끼워 맞추지 않아도 된다는 생각에 다다르자 나는 나로 돌아왔다. 나는 행복하고 돈 많은 사람이 아니었으니까. 이들의 꿈과 나의 현실은 분명 달랐고, 그렇기에 정확한 표현일 수 있었다. 꿈과 현실이 같다면 그것만큼 불행한 꿈은 없을 테니까.

나는 니샤의 인생에 처음 등장한 첫 번째 한국인이었다. '나'라는 존재가 니샤의 현실에 잠시나마 '꿈'으로 작용한 까닭에 값진 경험을 쌓았다. 그것으로 나의 체면이 바로 섰다.

No problem, it's my pleasure.

부처를 보았다

2019년을 마무리하는 시점에 나는 태국 매홍손 어느 수도원에 있었다. 명상과 함께 묵은해와 작별하고 새해를 맞이하기 위해 나는 사찰의 문을 노크했다. 매홍손 중심가에서 북쪽으로 37킬로미터 떨어진 곳에 위치한 왓 파 탐 후아는 산과 호수로 둘러싸인 사찰로 태국에서 가장 고요한 수도원으로 일컬어진다. 서툰 목수가 연장을 탓하듯 서툰 수행자가 환경을 탓하는 건 당연하다. 태국 북부를 여행하던 중 구글 지도에서 이 수도원을 발견하자마자 나를 위한 곳임을 단박에 알아차렸다.

한스 스님을 만났던 왓우몽 이후 3년 만에 다시 찾은 태국에서 두 번째 명상 체험이자 템플스테이를 경험했다. 새로운 경험이 시작되면 으레 과거의 경험이 불청객처럼 등장해 비교 대상이 되기 마련이다. 산속 수도원에 온 첫날, 적막이 감돌 정도로 고요하고 장엄한 자연경관은 금세 왓우몽의 풍경을 잊게 했다. 잠시 잠깐 속세를 벗어나 수행자가 되기에 더없이 충분한 환경이었다. 수행자의 연장은 완벽했다. 수도원 관계자의 안내에 따라 도착한 수행자의 방을 보기 전까지는. 그곳은 수십 명이 함께 생활하는, 흡사 군대 내무반과도 같은 공간이었다.

오리엔테이션 참여 인원만 족히 스무 명은 되는 것 같았다. 안내데스크 앞에 두 줄로 놓인 의자가 다 채워지고도 사람의 수는 넘쳤다. 평소보다 수행자의 규모가 늘어난 건 태국의 연말연시 휴가 때문이었다.

"여러분 대다수가 여행을 하기 위해 태국에 왔겠지만 이곳은 여행지가 아닙니다. 아름다운 경치를 즐기러 왔다면 혹은 무료로 제공되는 식사와 머물 곳을 찾으러 왔다면 지금 당장 수도원을 떠나시기 바랍니다. 수도원에 머무르는 동안 여러분은 수행자라는 사실을 절대 잊어선 안 됩니다. 명상에 참여하는 기간만큼은 타인이 아닌 자기 자신과의 대화에 집중

하세요. 자기 자신의 말에 귀 기울여보세요. 묵언수행은 나 자신을 이해하고 알아가는 가장 쉬운 방법입니다."

오리엔테이션을 진행하는 수도원 관계자의 말이 나를 상기시켰다. 그렇다. 나는 수행을 하러 이곳에 왔다. 그러니 수행자의 방 상태가 중요한 건 아니었다. 그 사실을 잊지 않기를 바랐다.

저녁 찬팅(불교 경전을 소리 내어 읽는 행위)과 명상 강의가 시작되자 메인 명상 홀 가장자리 선반에 수북이 쌓인 방석과 교재가 순식간에 밑바닥을 보였다. 강단 아래부터 자로 잰 듯 방석의 일렬종대 행렬이 이어졌고, 한 자리씩 방석을 차지한 수행자들로 만석을 이뤘다. 스님의 구령에 맞춰 수행자가 다 같이 불교 경전을 읽어 내려가는 소리는 깊은 산속 메아리로 돌아와 내 두 귀에 꽂혔다. 찬팅에 참여하는 동안 수행자의 방이 머릿속 메아리처럼 떠나지 않고 계속 남아 있었다. 그 걱정이 무의미한 줄 알면서도. 수행자에게 개별 방을 내어주던 왓우몽의 숙소가 잊혀지지 않았다. 그 기억이 무의미한 것인 줄 알면서도.

한 해의 마지막 날을 하루 앞두고 수행자의 수는 더 늘어났다. 오후 명상 강의가 끝난 뒤 잠시 숙소에 들렀다가 생각지도 못한 인파에 놀라고 말았다. 내 매트가 깔린 좌우, 위아래로 새로 온 수행자들의 매트가 빼곡히 깔려 있었다. 수용 인원을 넘어선 것 같았다. 게다가 방에 딸린 두 개의 욕실은 내가 이곳에 온 첫날부터 이미 수용 인원을 초과한 상태였다. 문제는 수행자가 늘어날수록 규정이 지켜지지 않는다는 점이었다. 방 안엔 '대화 금지, 휴대폰 사용 금지' 등의 규정이 적혀 있었지만 일부 수행자들은 신경도 쓰지 않았다. 문자도 모자라 전화 통화를 하는 이들도 있었다. 욕실 사용도 가관이었다. 샤워 후 자신의 흔적을 치우지 않은 채 몸만 빠져나가는 수행자들이 여럿 있었다. 이들을 '수행자'라고 지칭하는 것이 알맞은 표현인지 모르겠다. 어쨌든 수행자의 방에 대한 내 머릿속 걱정과 기억, 불평과 불만은 좀체 줄어들 기미가 보이지 않았다. 나 자신과의 대화가 필요한 시점이었다. 수도원 관계자의 조언대로 왼쪽 가슴 위에 '묵언수행 SILENT' 배지를 달았다.

다음 날 오후 명상 강의가 끝나고 스님과의 즉흥적인 질의응답 시간을 가졌다. 한 수행자가 스님께 강의 내용과 관련해 질문을 건넸는데, 같은 궁금증을 가진 다른 수행자들이 방석을 정리하다 말고 하나둘 강단 앞으로 모여들면서 소그룹이 형성되었다. 나도 방석을 아직 정리하지 못한 그룹 중 한 사람이었다. 스님이 대답을 마치면 수행자의 새로운 질문과 스님의 답이 또다시 이어졌다. 마치 토론장을 방불케 했다. 소그룹에 모인 대다수 수행자들은 왼쪽 가슴 위에 묵언 수행 배지를 달고 있었다.

"스님께서 수행자의 의무 중 하나라고 언급하신 '자비로운 마음'을 기르는 것 말입니다. 깨달음에 이르는 과정에서 자기 자신과 타인에 대한 자비의 마음을 갖는 것 말입니다. 이것이 제 스스로 마음에서 우러나오는 자연스러운 행위여야 하는데 생각처럼 쉽지가 않습니다. 자꾸만 인위적인 생각과 마음이 앞섭니다."

이스라엘에서 왔다고 밝힌 여성 수행자의 말이 내 생각과 마음을 대변하는 것 같았다.

"자비의 마음이 자연스러운지 인위적인지 가르는 기준은 없습니다. 스스로의 깨달음일 뿐이죠. 수행자는 명상을 하는 과정에서 자기 자신에 대한 이해, 그리고 자신을 둘러싼 세계에 대한 이해를 경험하게 됩니다. 자기 자신을 중심에 놓고 생각해보세요. 스스로의 깨달음이 궁극적인 진리로 나아갈 때 수행자 모두 '부처'가 될 수 있습니다."

스님의 말씀이 내 생각과 마음을 위로하는 것 같았다.

그날 저녁, 모든 일과를 마치고 숙소로 돌아왔을 때 뭔가 달라진 느낌을 받았다. 방 곳곳에 쌓인 먼지와 쓰레기가 깨끗하게 청소된 상태였고, 바닥에 걸레질도 한 것 같았다. 욕실도 반들반들 윤이 나게 닦여 있었다. 욕실 바닥과 변기, 세면대 주변에 붙어 있던 각종 날파리와 커다란 모기의 사체, 누군가 샤워 후 남기고 간 지저분한 머리카락이 모조리 말끔하게 사라진 뒤였다. 수도원에 온 이후 불편한 마음 없이 욕실을 써본 건 이날이 처음이었다. 나와 같은 불만을 가진 어느 수행자가 수도원 관계자에게 불만을 토로했을까? 그 불만이 정당하다고 판단한 관계자가 사람을 불러 청소를 했을까? 어쨌거나 나 혼자만의 불만이라 여겼던 것이 정당한 의견으로 포장되어 다행이었다.

다음 날도 수행자의 방과 욕실은 어제와 다름없이 깔끔하게 청소되어 있었다. 그리고 이틀 뒤 정규 청소 시간에 잠시 들른 빈방에서 나는 대걸레로 욕실 바닥을 닦고 있는 '부처'를 보았다. 며칠 전 질의응답 시간에 발언을 했던 이스라엘에서 온 여성 수행자였다.

수도원에서의 하루 일과 중 오후 4시는 정규 청소 시간이다. 수도원 곳곳을 깨끗하게 청소하는 것은 명상 수행 과정 중 하나였다. 청소 구역이나 규칙이 딱히 정해져 있는 건 아니었다. 청소도, 구역도, 규칙도 모두 자신이 정한 범위 안에 있었다. 물론 이곳에서의 청소라 함은 잔디밭에 있는 나뭇잎을 빗자루로 쓸어 담거나 명상 홀 바닥을 닦고 정돈하는 것이 대부분이었지만.

이스라엘에서 온 여성 수행자는 자신이 정한 구역과 규칙 안에서 며칠째 홀로 수행자의 방을 청소하고 있었다. 나와 같은 불만에서 시작했을 테지만 그 과정과 끝은 달랐다. 자비의 마음을 기르고 싶었던 인위적인 생각과 마음이 작용했을지는 몰라도 스님의 말씀대로 그것은 그녀 자신의 깨달음에서 비롯된 행동이었다. 너무나 더러워 아무도 손을 대려 하지 않는 그곳을 그녀가 스스로 택한 건, 자기 자신을 중심에 놓고 깨우친 궁극의 진리였을 것이다. 그녀 자신에 대한 이해, 그리고 그녀를 둘러싼 세계에 대한 이해는 그렇게 완성되었고, 그녀가 쌓아 올린 자비의 마음은 수행자의 방에, 또 그곳에 머무르고 있는 나를 포함한 수행자들에게 직간접적으로 영향을 끼쳤다.

그녀는 나의 부처였다. 그녀의 존재가 나의 깨달음이었다. 명상을 하는 동안 그녀의 자비는 매번 나를 일으켜 세웠다.

수도원을 떠나는 날, 명상복을 벗으며 닷새 만에 왼쪽 가슴에 꽂은 묵언수행 배지를 뺐다. 며칠간의 짧은 묵언수행 후 그녀에게 첫 입을 떼고 싶었다.

“Thanks for cleaning.”

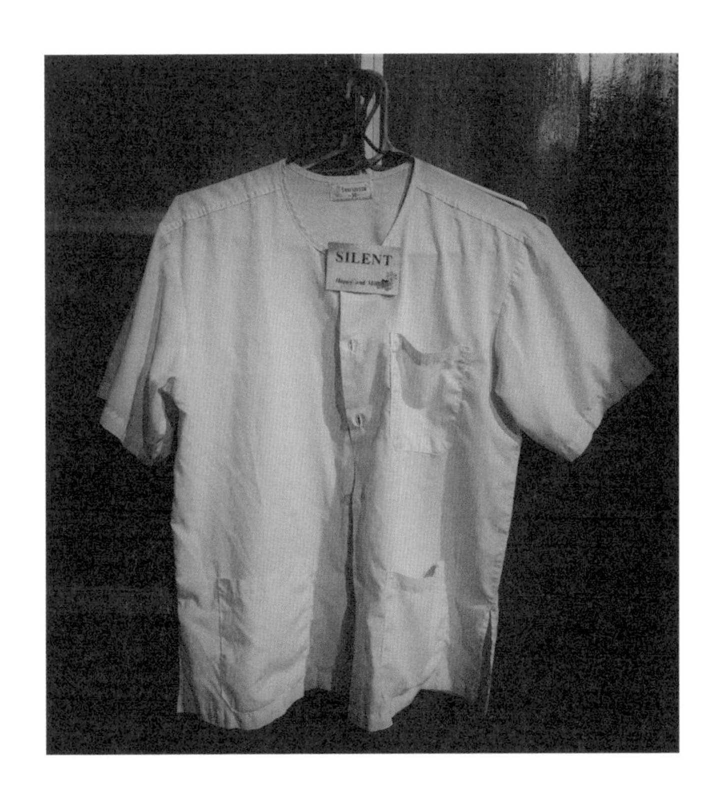
SILENT

여러 가지 문장이 떠올랐지만 이 한 문장이면 충분할 것 같았다.

"No problem, it's my pleasure."

묵언수행 중인 그녀가 입을 벙긋거리며 작은 목소리로 답을 했다. 이보다 충분한 문장은 없었다. 처음이자 마지막으로 부처가 내게 전한 문장에서 부처의 깨달음이 오롯이 느껴졌다. 나 자신을 이해하고 알아가기 위해 택했던 묵언수행이 다수의 인파 속에서 그녀를 발견하고 관찰하고 알아가는 과정으로 변모했고, 그렇게 나 자신과의 대화는 그녀를 통해 이뤄졌다.

수도원 밖을 나가더라도 수행자라는 사실을 절대 잊고 싶지 않았다. 이 다짐을 오래도록 잊지 않아야 했다. 부처의 말과 행동이 오래도록 그 다짐을 지킨다.

너와 나,
우리는 모두 같은 사람이야.

우리가 여행을 하는 이유

미국 브루클린의 한 주택가에서 찍힌 CCTV 영상을 보고 말았다. 자기 집 앞에 쓰레기를 버리러 나온 동양인 여성에게 정체불명의 남성이 일순간 염산을 뿌리곤 도망치는 상황이 고스란히 포착된 영상이었다. 미리 계획이라도 한 듯 여성의 집 앞 계단에서 대기하고 있던 남성은 외관상 후드를 뒤집어쓴 데다 마스크를 착용해 생김새는 정확히 알 수 없었으나 서양인이 분명해 보였다. 동양인 혐오범죄로 분류된 이 영상 속 두 주인공이 같은 인종일 리는 없을 테니까.

코로나19 팬데믹이 장기화되면서 미국이나 호주, 유럽 등지에서 끊이지 않고 일어나고 있는 동양인 혐오범죄도 그 끝을 알 수 없는 상황이다. 동양인을 공격하는 것이 바이러스의 확산을 막고 팬데믹을 끝낼 유일한 방법이라고 믿는 멍청한 인간들의 범죄가 연일 뉴스에 오르내리는 일이 이제 더는 놀랍지도 않다. 그것에 익숙해져서가 아니다. 코로나바이러스가 등장하기 훨씬 이전부터 인간은 항상 인종 구분으로부터 자유롭지 못했으니까. 여기서 인간이라 함은 나를 기준으로 나와 피부색이 다른 인간을 지칭한다. 기준이 무엇이든 누구라도 나와 '다른 인간'이 될 수 있다는 말이다.

한국에서 사는 동안 여성, 직업, 학벌, 경력, 나이, 연봉 등 여러 다양한 카테고리 안에서 차별을 경험한 적이 더러 있지만 '인종'은 예외였다. 인종과 더불어 '국적'도 마찬가지였다. 이 두 단어가 내 삶에 들어와 차별이라는 감정을 느끼게 한 건 내가 우물 밖을 나가면서 시작되었다. 나와 '다른 사람'들이 사는 환경에서 나는 그들에게 '다른 사람'으로 비쳤다. 따지고 보면 당연한 논리였다. 그렇다고 차별이 당연한 논리라는 얘긴 아니다.

우물 밖을 나간 뒤로 다른 사람들과 섞여 시간을 보내는 동안 나도 모르게 한 가지 새로운 감정의 싹이 자라났다. 나 자신이 때론 차별을 겪는 당사자이면서 때론 차별을 서슴지 않는 제공자라는 현실을 자각하게 되었다. 나와 다른 사람이라 여겼던 상대는 여행이 끝날 시점이 되면 매번 나와 같은 사람으로 바뀌어 있었다. 나는 너였고, 너는 나였다. 차별의 원인과 이유는 상대가 아닌 나 자신에게 있었다. 여행에서 돌아올 때마다 이 깨우침은 언제나 변함없이 나를 상기시켰다. 그리고 트리엔을 만난 후 이 깨우침은 보다 확실하고 굳건한 믿음으로 나를 변화시켰다.

"3만 킬로미터를 달리는 동안 만나는 대부분의 사람이 하나같이 내게 물은 건 '어느 나라가 가장 좋았냐'는 거였어. 여행 시작하고 처음 몇 달은 어떻게든 질문에 답을 찾으려고 애를 썼는데, 시간이 지날수록 그게 의미가 없다고 느껴졌어. 어느 나라가 좋은지 혹은 좋지 않은지 묻고 답하는 것이 불필요하다는 생각이 들었거든. 여행이 내게 준 가장 놀라운 가르침은 결국 우리는 모두 같은 사람이라는 거야. 처해진 환경은 다를 수 있지만 우리는 같은 사람이고 비슷비슷한 인생의 테두리 안에서 살아가고 있다는 사실을 확인했지. 그러니 그중 하나를 뽑는 게 나한테 무슨 의미가 있겠어. 우리가 같은 사람이라는 사실을 깨달은 게 의미가 있는 거지. 근데 이 말을 해도 끝까지 하나를 뽑으라고 부추기는 사람들이 많더라. 그들은 그런 게 의미가 있다고 생각하는 거겠지."

벨기에 헨트 출신인 트리엔은 카우치 서핑 게스트로 내 집을 찾았다. 자전거 두 바퀴에 몸을 싣고 떠난 그녀의 여정은 헨트 집에서부터 대만 타이베이까지 장장 2년간 총 이동 거리 3만 킬로미터에 달했다. 이 여정은 자신의 두 눈과 두 발로 세상 곳곳을 보고 싶었던 그녀 개인의 바람에서 시작되었고, 더불어 세계자연기금WWF과 유니세프벨기에 두 단체를 통해 동물과 환경을 지키기 위한 3만 유로 기금 조성 프로젝트도 함께 추진됐다. 개인의 목표와 프로젝트 모두 성공적으로 마친 트리엔은 대만에서 벨기에 집까지 비행기를 타고 돌아가려던 원래의 계획을 변경하고 다시금 자전거 두 바퀴에 몸을 실었다. 타이베이에서 비행기를 이용해 서울에 온 그녀는 서울에서 동해로, 동해에서 배를 타고 러시아 블라디보스토크로, 이후에는 자전거를 타고 동유럽으로, 최종 목적지인 자신의 집까지의 여정을 계획하고 있었다.

"어제 만났던 내 친구 어땠어? 같이 있는 거 괜찮았어?"

"음……, 솔직하게 말해도 돼?"

"당연하지."

"그 친구 한국에 대해서 말할 때 편견을 가지고 있더라. 그것도 한국인 앞에서 한국인에 대해 다 아는 것처럼 말하는 게 조금 불편했어. 특히 한국 사람들이 서양인한테 무조건 친절하다는 식의 말, 그래서 한국이 살기 편하고 좋은 나라라는 말은 지나치다 싶었어. 자기가 서양인인 게 무슨 특급 대우인 것처럼."

"맞아, 걔가 그 말 할 때 저건 좀 아닌 것 같았어. 사실 그래서 너한테 물어본 거야. 어제 네가 불편했을 것 같아서. 그리고 걔랑 나 친구 사이도 아니야. 그냥 지역 자전거 커뮤니티에서 만나서 자전거 몇 번 같이 탄 것뿐인데, 그것도 여러 사람들이랑 다 같이. 걔가 커뮤니티 활동을 그다지 성실하게 하지 않아서 평판이 그리 좋진 않아. 뭐랄까, 자전거를 좋아해서 참여한다기보다 다른 것에 더 관심이 있는 부류 같다고 할까? 걔가 서울에 잠깐 거주하고 있는지도 몰랐어. 어제 갑자기 페이스북으로 만나자고 연락이 와서 당황스러웠는데 네가 같이 가줘서 얼마나 기뻤는지 몰라. 솔직하게 말해줘서 고마워."

염불보다 잿밥에 관심이 있는 부류는 내 주변에도 얼마든지 있다. 인종과 국적에 상관없이 그런 부류를 이해하는 일이란 식은 죽 먹기가 아니겠는가. 그에 대해 열렬히 뒷담화를 깐 뒤 우리의 대화는 더 깊고 더 가깝고 더 넓어질 수 있었다.

트리엔이 내 집에 머무른 며칠 동안의 대화는 거의 대부분

이런 식이었다. 그렇다고 매번 뒷담화에 열중했던 건 아니다. 일상을 주제로 한 대화에서 나온 업무 스트레스 이야기가 누군가의 뒷담화로 이어지긴 했지만 그것이 전부는 아니었다. 우리의 대화는 어디에서 왔는지, 어디를 여행하고 왔는지, 어디를 갈 것인지, 어디를 여행할 것인지 등의 과거와 미래가 아닌 지금 현재를 이야기하고 있었다. 여행의 결말이 크게 바뀌지 않는다는 사실을 깨우친 트리엔과 나 둘 사이라서, 그래서 다행이지 싶었다. 결말보다 중요한 건 아주, 대단히, 많을 테니.

그래서 우리는 현재를 여행한다. 우리와 같은 사람을 만나기 위해서, 우리는 모두 같은 사람이라는 또 하나의 결말을 찾기 위해서.

여행의 이유가 조금은 거창하게 표현되어버렸다.

여행을 추억할 수 있거든. 생산적인 방법으로.

마치며

원석을 감싼 네 줄의 실을 서로 교차해 둥그런 매듭을 지은 뒤 같은 길이의 실 네 개를 추가하면 좌우 각각 또 다른 매듭을 이어서 만들 수 있을 것 같았다. 펜던트와 줄이 하나로 이어진 초커 디자인을 구현해낼 방도를 찾고 나자 그새 잠이 싹 달아나버렸다. 그렇다고 포근하게 덥혀진 이불 속 온도를 박차고 나갈 용기는 부족했다. 침대와 관계를 유지한 채 한차례 실패를 맛봤던 다른 미완성 목걸이 디자인을 생각했다. 팔찌와 귀걸이에도 생각이 닿았다.

다음 날 아침 침대에서 빠져나오자마자 제일 먼저 머릿속에 그려 놓은 초커 디자인을 끄집어냈다. 펜던트를 감싸고 남은 네 줄의 실, 거기에 좌우 각각 실 네 줄을 추가하고 나니 생각했던 대로 매듭이 만들어졌다. 반복적인 매듭 끝에 머릿속 이미지 그대로의 초커를 만났다. 처음이었다. 참고용 사진이나 자료, 유튜브의 도움 없이 스스로 디자인을 고안하고 그것 그대로 구현해낸 건 처음 있는 일이었다. 마크라메에 들인 숱한 연습과 시간이 나를 배신하진 않는구나 싶었다. 불청객 코로나19가 내 일상에 긍정적인 영향을 주기도 하는구나 싶은 생각도 들었다. 마크라메 장신구 만들기에 흥미가 붙고 자신감이 생겼다. 여행을 대신할 만한 새로운 일상이 마침내 그 진가를 발휘하기 시작했다.

"해외 못 나가서 어떡해? 몇 달만 참으면 전처럼 여행할 수 있을 거야."

코로나19 팬데믹이 시작된 초창기에 친구나 지인들과 연락을 할 때면 늘 빠지지 않고 이 문장이 등장했다. 여행을 못 하는 심정이 어떠한지 안부를 물으며 시작되는 대화는 곧 예전의 일상으로 돌아갈 수 있을 거라는 위로로 끝을 맺었다. 하지만 1년 넘게 팬데믹이 이어지면서 이런 안부를 묻거나 위로를 건네는 일도 이젠 서로 잊은 지 오래다.

팬데믹 이전의 나는 어디로든 떠나느라 바빴다. 여행이 일상과도 같았던 내게 떠날 수 있는 기회가 사라지자 일상에서 남아도는 시간적 여유를 어떻게 써야 할지 막막했다. 돈 버는 행위를 제외하고, 부끄럽지만 내가 할 줄 아는 거라곤 떠나는 행위밖에 없었다. 여행이 취미였고, 특기였고, 전부였다. 팬데믹을 견딜 수 있는 뭔가 다른 새로운 일상이 내게 필요했다.

그런 일상에 마크라메가 들어온 건 마르쿠스 덕분이었다. 스와미와 함께했던 유럽 히치하이킹 여정에서 이탈리아 산칸디도에 살고 있는 스와미의 친구 마르쿠스를 만났다. 스와미와 마르쿠스는 호주에서 만나 함께 여행하며 친분을 쌓았다. 독일로 넘어가기 전 마르쿠스의 초대를 받은 우리는 그의 집에서 며칠 신세를 졌다.

"주말에는 주로 뭐 하냐고 물었지? 이런 거 만들어."

"이걸 다 네가 만든 거야?"

"응, 이 중 맘에 드는 목걸이 있음 하나 골라봐. 선물할게."

"정말? 하나 골라도 돼?"

"그럼, 이거 다 선물하려고 만드는 거야."

"언제부터 만들기 시작한 거야?"

"호주에 있을 때부터. 스와미도 내가 만드는 거 옆에서 보고 그랬어."

"누가 가르쳐줬어? 아님 독학으로?"

"둘 다 맞는데, 호주 여행할 때 만났던 독일인 친구가 마크라메 목걸이나 팔찌 등을 만들어서 선물도 하고 팔기도 했어. 그 친구 옆에서 곁다리로 배웠지. 만들다 보니까 재미있었어. 그냥 이유 없이. 기본적인 매듭은 그 친구한테 배웠고 그 뒤론 거의 유튜브 보면서 혼자 만들다시피 했어. 지금도 그렇고. 여행하다 보면 남는 게 시간이잖아. 기다리고 이동하는 시간도 많고. 여행 마치고 집으로 돌아와서도 계속 만들게 되더라. 그냥 만드는 게 재미있어. 일상에서 여행을 생각할 수 있거든. 그때를 추억하는 거지. 생산적인 방법으로. 너도 관심 있음 한번 만들어봐. 어렵지 않아."

1년간의 호주 워킹홀리데이를 마치고 마르쿠스가 집으로 돌아온 지 다시 1년이 지난 시점이었다. 호주 이후 여전히 여행길 위에 서 있는 스와미를 마르쿠스는 대견스러워했고, 일상의 삶에 적응하며 살아가고 있는 마르쿠스를 스와미는 기특해했다. 장기간의 여행이 또 다른 여행으로 계속해서 이어질 수도, 예전의 일상으로 다시 돌아가고자 하는 의지와 용기를 줄 수도 있다는 사실을 두 사람의 각기 다른 현실이 말해주고 있었다. 후자에 속하는 마르쿠스는 자신이 원하는 방향에 맞춰 직장을 구하고 집을 얻어 일상으로의 복귀를 이뤘다.

팬데믹 시대로 인해 좋든 싫든 받아들여야만 했던 낯선 일상이 여러 달 반복되면서 그새 해도 바뀌었다. 불행 중 다행인 건 마크라메의 위로가 날마다 반복되는 생활에 힘을 보탠다는 사실이다. 마르쿠스가 다시 되돌아간 자신의 일상에서 마크라메를 통해 여행을 추억했던 것처럼, 내게 주어진 낯선 일상에서 나는 그것을 통해 불가능한 여행을 꿈꾼다. 여행이 가능해질 수 있다는 바람을 담아. 그렇게 한계를 뛰어넘는 생각에 빠지다 보면 매듭을 엮는 손가락의 한계도 저만치 솟아오른다.

업무를 보는 책상 위에 마크라메 관련 짐이 하나둘 늘어나면서 작업방에 마크라메 전용 책상과 의자를 따로 뒀다. 실을 보관하는 서랍장도 새로 구했다. 각종 재료와 소품을 가지런히 정리하기 위해 선반과 수납함도 구비했다. 스탠드도 설치했다. 최근 들어서는 마크라메 책상에 앉아 있는 시간이 더 길어졌다. 이전보다 시간적 여유가 늘었다는 건 일상의 다른 부분이 줄었다는 의미이기도 하다. 줄어든 것, 잃은 것을 생각하자니 신세타령으로 이어질 게 뻔하다.

이렇게 되고 보니 돈이냐 시간이냐 둘 중 하나를 택하는 것이 무의미해지는 순간도 온다. 그동안 배부른 고민을 하며 살았나 싶은, 내 삶의 기준을 무너뜨리는 불안이 엄습해 올 때가 있다. 하지만 팬데믹 이전의 일상에서도 불안은 언제나 나를 무너뜨리고 다시 일으켜 세우곤 했다. 불안은 불안으로 오지만 불안은 불안으로 가기도 한다.

앞으로 한동안은 매듭을 잇고 엮으며 내 선택의 값을 치르며 살고 싶다. 언제가 될지는 모르지만 예전처럼 다시 떠날 수 있는 기회를 되찾을 때까지, 나는 완전히, 완벽히 채워지지 않은 지금의 새로운 일상을 채워나갈 것이다. 나만의 생산적인 방법으로.